文春文庫

鍵のない夢を見る

辻村深月

文藝春秋

目次

イラスト　いとう瞳

鍵のない夢を見る

仁志野町の泥棒

生温かいバスの車内で、前に立った彼女の顔を見た時、「あ、りっちゃん」と思った。一体何年ぶりになるだろう。意志の強そうな目と黒く艶《つや》やかでまっすぐな髪が変わっていない。

観光客に頭を下げ、「おはようございます」とマイク越しに声を張り上げる。うちの母のような中高年を相手にすることに馴れた、落ち着いた声の出し方だった。

「本日は、那賀《なか》交観光バスツアーをご利用いただきましてありがとうございます。お天気の方《ほう》があいにくの曇り空でございますけれども、予報の方では雨、どうにか持ちこたえてくれるんではないか、とのことでした。皆様、きっと日頃の行いが良いはずだと信じまして、明日には天気の方、晴れてくれるんじゃないかと期待しております」

「〜の方」という使い方は敬語としておかしいという授業を、先週、受け持っている六年生の子供に対してやったばかりだった。けれど、乗客たちからは拍手が起きた。「行いは良いです」という和《なご》やかな声があがる。律子が「はい」と嬉しそうに応えた。

「今日から二日間、皆様とご一緒させていただきますガイドの近田《ちかだ》と申します。運転手は、岡本《おかもと》。ご挨拶《あいさつ》させていただきます」

マイクを運転手の口元に近づける時、背中を向けた彼女の帽子についたリボンがそよぐように揺れ、屈《かが》んだ胸元に長い髪が落ちた。運転手が実直そうに、真面目な声で挨拶する。律子が笑った。

「ロベタで照れ屋なので、いっつも短い挨拶しかもらえません。だけどね、一緒によく組んでますが運転技術は確かですよ。一度の事故も、はい、ございません」

紺のベストとスカート、薄いストライプの入った白いシャツに黄色いネクタイ。かぶった帽子にも同じ色のリボンが巻かれている。

大人になったのだ。

バス遠足で子供として座っていた私たちが、ガイドや教師になる。そういう年になったのだ。

母に誘われてついてきた「お伊勢参りバスツアー」で、予想していた通り私は唯一の若者だった。おじさんおばさんに囲まれ、律子は、彼らに合わせた間合いで話をしていく。

私の隣、窓際の席に座って早速お茶とお菓子を取り出した母は、目の前のバスガイドが娘のかつての同級生だと気づいた様子がなかった。

近田と名乗った。私の知っている苗字《みようじ》とは違う。手袋をはめているせいで、指輪は見えなかった。胸の底が、ざわりと波打つような感覚があった。結婚、したのか。たくさんの学校を、転々としていた。それでもきっと、彼女はこの土地を離れることまでは考えなかったのだろう。いつ誰に会うかわからないのに、市内にあるこの会社のバスガイドになった。東京に行ったんじゃなかったのか。あのお母さんと、それを機会に離れたのだと思っていた。あるいは、結婚でやっと離れたのだろうか。

客の一人にマイクを向けて笑いかけた彼女の姿に、ああ、と目を細める。

彼女はおそらく、誰に会っても構わないと、本心から思っているのだ。皆の前に立った姿は堂々として、もう長くこの仕事をしていることがわかる。子供の頃に憧れていたアイドルではないし、この土地を離れなかったのだとしても、彼女には何ら後ろめたいところはないのだろう。結局、この町に根を下ろしている。

ふっと思う。そんな彼女の一方で、果たして、私はここで何をしてきただろうか。

律子が明るい声を張り上げ、今日の日程を説明する。名古屋で降りて、お昼ご飯にはひつまぶしのお店を予約してございます。それからまた高速に乗って、そこからは一路、伊勢神宮を目指します。

その声を聞きながら、記憶が子供の頃に巻き戻されていく。りっちゃん、と呼びかけた私の声を封じ、こちらに向けられた彼女の背中を思い出す。

私たちは、確かにもう大人だった。

1

水上《みずかみ》律子がクラスに転入してきたのは、小学校三年生の夏休み明けだった。

仁志野町《にしのちょう》には小学校が全部で四つ。私たちの通う仁志野北小は、町内では一番規模の小さい学校で、駅や総合病院のある中心地の南小とは自転車で三十分以上離れていた。クラスは全学年一クラスずつ。入学から卒業までを同じメンバーで過ごす。

律子は隣町から来た。近い場所からの転入は珍しく、しかも年度の区切りではない時期外れというのは、北小では滅多《めった》にないことだった。

明るく、手先が器用な子だった。みんなから、りっちゃんと呼ばれていた。髪が長く、いつも凝《こ》った髪型をしていた。自分でやるらしく、私は毎朝母にポニーテールを結ってもらっているだけだったので、律子が学校の休み時間に「やってあげる」と、三つ編みにしてくれたのが嬉しかった。

勉強はできなかったけれど、運動神経はよかった。あと、合唱になると、いつも一生懸命声を張り上げて歌っていた。

「アイドルになりたいんだ」

ある日、教えてくれた。

「ミュージックステーション、出たい」

律子と一番仲が良かったのは優美子《ゆみこ》だ。

席が隣だったせいか、あっという間に仲良くなって母親同士もよく話すようになったようだった。宿題も図工の課題も、お互いの家を行き来して一緒にやっていたし、家族ぐるみで映画を観に行ったり、買い物にも行っているらしかった。

優美子は、誰とでも話せて、人の意見に反対も賛成もせず、いつもにこにこ笑ってることが許されてしまう、天使みたいな子だった。印象を聞かれれば、十人が十人とも「優しい」か「好き」と答える。人気のある女の子だった。母親が家でピアノ教室を開いていて、彼女自身もピアノがうまかった。律子の歌に、よく伴奏をつけていた。小さくて、手足が白く細い妖精のような優美子と比べ、律子はよく日焼けしていたし、背もクラスで一番か二番目に高い。仲のいい姉妹のように見える時もあった。

それまで誰の親友でもなかった優美子が初めて特定の仲良しを作ったということで、最初の頃は律子を羨《うらや》んだり、悪口を言う者もいた。けれど、しばらくして、律子が自分や弟の失敗話などを披露してみんなから笑いを取るようになると、彼女は「面白い子」「明るい子」だと言われ、次第にクラスに溶け込んでいった。

私は、律子や優美子とは仲が良かった。もともと優美子と家が近所だったせいだ。子供ながらに身の程を知っていたのか、アイドルになりたいなんて憧れることはあっても絶対に口にできない子供だったけれど、華やかな印象の彼女たちと三人一緒に遊ぶのは楽しかった。

「ミチルちゃんのこと、うちの弟が好きなんだって」

私が生まれて初めて「好き」という言葉をもらった男の子は律子の弟だった。私たちの二つ年下の、彼女の弟、幹也《みきや》。小学校に上がったばかりの一年生男子からの告白だったけど、私はどぎまぎして、照れ隠しに「嘘」と首を振った。

「優美子ちゃんの方がかわいいのに、どうして私なの」

「優しいからだって。よく遊んでくれるから」

姉弟《きょうだい》喧嘩になった時にも、「ミチルちゃんに言うよ」と言うと幹也はしゅんとしたようにおとなしくなり、「好きだから、困るんでしょ」とからかうとムキになって怒るそうだ。

確かに、律子の家で遊んでいる時、優美子と律子が二人で遊んでいて何となく「入れない」雰囲気になるたび、私は幹也と一緒に遊んだ。テレビゲームをしたり、外に出てザリガニやおたまじゃくしを取ったり。

私たちの町は、どこに行っても道を一本入ると、田んぼばっかりだった。水と泥の匂いの中、網を引っ掛けると面白いくらいザリガニがガシャガシャ取れる。おたまじゃくしだって、バカみたいにたくさんいる。おたまじゃくしは、ぬるぬるして、指でつまんだ時の感触が気持ちよく、苦手な子もたくさんいたけれど、私と幹也は平気だった。うちは両親が生き物を飼うことを許さなかったが、律子の家は大らかで、ザリガニもおたまじゃくしも、そのまましばらく飼って観察することができた。玄関先に色とりどりのバケツや洗面器がずらりと並ぶ。

「いっぱい取ってきたね。ザリガニってこれ、全部エビだったらおいしそうなのになぁ」

専業主婦の母親はいつも家にいて、次々バケツに水を張ってくれた。

律子の家は、私たちの通学路に縁側が面していて、外から居間が丸見えだった。夏は常に窓を開けていたし、カーテンが閉まっていることもほとんどない。文字通り開放的な雰囲気で、散らかった部屋の中で律子の母がアイロンをかけているところが見えたし、土曜のお昼が秋刀魚《さんま》だってことまで匂いでわかってしまう。

「おお、ミチルちゃん。おかえりぃ」

毎日帰りに声をかけてくる律子の母親は、小柄でぽっちゃりした人だった。いつ見てもエプロン姿で化粧をする様子もない。髪も、娘と違って短くしていた。

うちの母は小学校の教師という職業のせいか、真面目で堅い人だった。恋愛の話も子供の頃からタブーだったのだけれど、律子の母は「ミチルちゃん、モテるでしょう。うちの幹也、ライバルがいっぱいだ」などと話しかけてきて、私は赤面した。馴れていないから、どう返せばいいのか困った。律子と優美子は笑っていた。けれど、その笑い方にまったく嫌味がなかったのが、私には救いだった。だから、あの家で遊ぶのも、幹也からの好意も居心地よかったのだろう。

律子の母は、家で何かの内職を引き受けているらしかった。「内職」という言葉を最初に知ったのも、彼女の家でだった。玄関先と居間に、何の部品かわからない機械が詰まったダンボール箱がたくさん積まれていた。緑や金の筋が入った金属片がびっしり並んでいる。

遊んでいる横で、律子の母の手元から細くて白い煙が上がる。はんだごての先で銀色の塊《かたまり》が液状に溶けるむっとする匂いを嗅《か》ぎ、すごい！　と興奮した。うちの母だったら絶対に危ないと言って近寄らせてくれなかっただろうが、律子の母は「やる？」と持たせてくれた。

律子の家は、熱と金属の匂いがした。うちとは、まるで違った。

北小では、卒業制作というのを毎年みんなでやる。卒業する時、数人で一組になって版画や絵を作り、学校に残すのだ。歴代の六年生たちがそうするのを、私たちは憧れとともに眺めていた。

「卒業制作の時、りっちゃんのお母さんにはんだごて借りて、何か作れないかな」

優美子が言う。「三人でやろうよ」と何年も先のことなのに、私も誘ってくれた。私はほっとして、嬉しくて、頷《うなず》く。卒業制作はうちの学校の大きなイベントの一つで、全校生徒の注目を浴びる。それを一人でやることになる六年生は、毎年、変わり者だったり友達がいない人だったり、ともかく惨《みじ》めなのだ。

「うん。うちで作ろう！」

律子が歯を見せて笑った。

2

小学四年生のある時期、律子の家に遊びに行かない日が続いた。

母親が留守にしているようで、帰り道に見る縁側の窓が閉まって、昼でもレースカーテンが引かれるようになった。気になったけれど、詳しい話は聞かなかった。律子や弟とも遊んだが、場所は大抵、近所の公園か神社の境内、または私や優美子の家になった。

球技会の練習が始まっていた。

うちの県では、小学校四年生以上は学年ごと近隣の学校と対抗試合がある。女子はミニバス、男子はサッカー。

「りっちゃんは、ミニバス得意だからいいよね。羨ましいなぁ」

運動神経の悪い私が言うと、律子がどことなく沈んだ顔で「私、球技会嫌だな」と答えた。

「どうして？」

「なんとなく」

体育が苦手な子が仮病を使うのは珍しい話ではなかったが、律子がというのは意外だった。そして結局、彼女は球技会を欠席してしまった。風邪だと聞いた。

優美子と私は、律子が洩《も》らした「嫌だな」の一言を学校では黙っていた。ズル休みだと思われたら大変だ。自発的に庇《かば》う気持ちがあったというよりは、告げ口のように話してしまったら、彼女たちに軽蔑されてしまうのではないかと怖かった。

しばらくして、律子の家の縁側の窓が開き、今までのように通学路から家の様子がよく見えるようになった。久しぶりに遊びにいくと、居間の畳の上に赤ちゃんが寝ていた。

すやすやと眠る新生児の小ささと、たよりなく、だけど清潔な雰囲気が律子の家に似合わなかった。

「りっちゃんちの子?」

「違うよ」

奥から律子の母が出てきて、私たちに言った。

「親戚の子。イトコみたいなもの」

「ふうん」

私と優美子は赤ちゃんの手を触らせてもらったり、抱っこさせてもらった。それからというもの、いつ遊びに行ってもその赤ちゃんはいた。律子の母におんぶされたり、律子や弟が馴れた様子であやしていたりする。私たち以外に彼女の家に遊びに行った子もみんな、その子を「よその子」だと聞いていた。

「りっちゃんち、赤ちゃん預かってるんだって」

自分の家の食卓で話題にすると、母が「律子ちゃんの弟でしょ」と首を傾《かし》げた。

「お母さん、おばさんにスーパーで会ってそう聞いたよ」

私は狐につままれたように啞然《あぜん》とした。そんなバカなと思ったけれど、私の他にも、親からそう聞いた子供がたくさんいた。

「弟なの？」

何人かが律子に確認すると、彼女が躊躇《ためら》いながらも「うん」と頷いた。

「恥ずかしいから、黙ってなさいって言われた」

私たちは、性教育が始まった頃だった。

〝恥ずかしい〟と言葉にされてしまったことで、急に気まずくなった。

大人が嘘をつくなんて、それまで、私はありえないと思っていた。しかも、子供には嘘をつくせに、同じ大人には平然と真実を認めている。なんだか気持ち悪かった。

律子の家は、やっぱりうちとは違う。

3

「りっちゃんの家のおばちゃん、泥棒なんだよ」

囁《ささや》くような噂は、律子の家の近所から立ち始めた。

私たちは小学校五年生になっていた。

大抵の内緒話には馴れていたし、私たちの「秘密」は不文律のように共有されるのが当たり前だった。何しろ一クラスしかないのだ。両親の離婚も、クラスの中の誰と誰がキスしたなんていう話だって、みんな最終的には本当は話したくて仕方なかったように打ち明けてくれるものだった。

私をベランダに呼び出した樹里《じゅり》の口から、最初に「泥棒」という言葉を聞いた時、呆《あっ》気《け》に取られた。

サザエさんに出てくる、ほっかむりに渦巻き模様みたいな風呂敷を担いだ男の人を想像する。それか、お父さんとテレビで観た映画の中の、チームで銀行強盗するようなかっこいい黒服の集団。そういう像しか結べないくらい、「泥棒」は、私の身近にない言葉だった。何の冗談かと思ってしまう。

「泥棒?」

樹里は、神妙な顔をして頷いた。

「やっぱり知らなかった? 近所では有名な話なんだけど、優美子ちゃんやミチルちゃんは家離れてるからひょっとして知らないんじゃないかと思ってたんだ。誰か教えた方がいいかもって話になったの」

どうやら、樹里の周りではすでに知れ渡っている話らしい。

繁華街でもド田舎でもない私たちの小学校地区は、田畑と住宅地の区画がはっきりと分かれていた。田んぼのある一帯を背にするような格好で、そう広くはない住宅地を分け合うようにして家が建つ。塀や門構えがない家も多く、庭と庭との境界線も曖昧《あいまい》で、みんながなんとなく住み分けているようなところがあった。

「りっちゃんの家のおばちゃん、近所の家に泥棒に入ってるんだって。うちのクラスだと美貴《みき》ちゃんの家と翔太《しょうた》のとこが入られてる」

「泥棒って、お金、盗《と》るの？」

「当たり前じゃん。美貴ちゃんの家は、テレビの下の引き出しに入れといた二千円を盗られた」

　二千円は、私たちにとっては大金だった。美貴の家も翔太の家も、私は遊びに行ったことがあり、部屋の様子を知っていた。テレビの下の引き出しも、全部どんなものかわかる。律子の母がそれぞれの家のリビングに立つ姿を思い浮かべた途端、たまらない違和感に襲われた。

「大人たちの間では去年ぐらいから噂になってたんだって。真矢ちゃんは、お母さんから、りっちゃんとは遊んでもいいけど、あの子を家に上げるのはやめなさいって言われたらしいよ。部屋に一人にしない方がいいって」

「りっちゃんが泥棒するわけじゃないでしょ？　おばちゃんなんでしょ？」

「下見されると困るじゃん」

　さっきの違和感がまた胸を衝《つ》く。

　下見。

　それは、樹里の勝手な想像に過ぎないとわかっていたが、いつも一緒に遊んでる律子が、私が席を外した瞬間にうちの引き出しや棚を覗き込んでいるところが浮かんでしまう。無表情な彼女の様子があまりに鮮明に思い描けてしまって困惑する。

樹里が説明した泥棒の話はこうだ。

律子の母親は、近所の家に泥棒に入る。この辺の家は、留守にする時でも玄関に鍵なんかかけない。農家なら尚更《なおさら》だった。大抵、家の近くに畑や田んぼがあるから、ちょっとそこまでという雰囲気で仕事に出る。律子の母は、その隙を狙って忍び込むのだという。

盗るのは、現金や通帳。現金は多いところで数万円の場合もあったが、だいたいが千円単位らしい。荒らすというほど周りをかき回すわけでもなく、目に付いた範囲の棚やレターケースを探すだけだ。通帳が盗られても、そこからお金を引き出すようなことは、樹里が聞いた限りなかったそうだ。

「どうしてそのお金、りっちゃんのおばちゃんが盗ったんだってわかるの？」

「見つかってるもん。何度も」

樹里が答えた。

「泥棒してるところに家の人が帰ってきちゃうの。りっちゃんちの隣のおじさんは、何度も怒ってもう来ないように言ってるんだけど、やめないんだって」

「えーっ」

思わず声があがった。私を驚かせたことに気をよくしたように、「美貴ちゃんのうちもだよ」と樹里が続ける。

「お母さんが見つけて、その二千円はそのままあげて、もう来ないように言ったんだって。見つかった時は反省するんだけど、見つからない時は認めないの。家から出てくるところを近所の人が見てたとしても、現行犯じゃないと認めなくて、みんな困ってる。ただ、問い詰めた後で、通帳が郵便受けに返されてたことがあるって」

背伸びしたように使われる「現行犯」の言葉が、耳慣れないせいでかえって幼稚な響きに聞こえた。反射のように嫌悪感がする。

狭いベランダの薄いドアの向こうでは、今も律子が給食の準備をしてるはずだ。私たちは同じ班だった。席に戻って、どんな顔して一緒にお昼を食べればいいのかわからない。

樹里を見つめる。噂を知ってたという近所の子たちの親は、どんな気持ちで律子や彼女の家族と接していたのだろう。五月の運動会では、隣のシートで平然と笑って話していたように見えた。

「警察は?」

「誰も行かないよ。ご近所のことだから、騒いじゃうとかわいそうだし」

樹里が胸を張り、即、首を振る。「ご近所」という言葉もまた大人の誰かの受け売りだという気がした。

「りっちゃんの家ね、おばちゃん、それ、前からなんだって」

樹里がポツリと言う。

「前の学校でもおばちゃん、泥棒してて、噂になったり、警察に言われたこともあったみたい。一年ぐらいで毎年引っ越してたらしいよ。去年の球技会、りっちゃん休んだでしょ？」

「え、うん」

　ドキッとしながら頷く。

「あれ多分、前の学校の子たちと会いたくないからだよ。すごくたくさん学校替わってるみたいだもん」

「……優美子ちゃんは知ってるのかな」

　澄んだ空気を求めるような気持ちで彼女の名前を口にする。樹里の話にも、想像の中の律子の母にも、窒息してしまいそうだった。

「わかんないけど、今ミチルちゃんに言ったみたいに、うちらの誰かが言うつもり」

「その時、私も一緒にいていい？」

「別にいいよ」

　優美子と話がしたかった。大人の借り物の言葉じゃなく、きちんと自分の言葉で話ができるのは、周りではあの子だけだという気がした。

　みんな優美子が好きだったから、律子の欠点を探したかったのかもしれない。優美子から、律子を引き離したかったのかもしれない。嫉妬がようやく捌《は》け口《ぐち》を見つけ、それが尖った針のようになって、律子を攻撃しようとしてるイメージが浮かんだ。

他人《ひと》の家に入るって、どんな気持ちだろう。去年、近所の笹山さんの家が二世帯住宅にリフォームして、うちの母が「今後の参考にちょっと見せてください」と私をつれて様子を見に行ったことがあった。リビングとお風呂場と台所を見た後、中学生の男の子の勉強部屋に通されて、おばさんが「ともくん、ちょっとごめんね」と謝りながら、よそ行きの声で「この棚が便利なんですよ」と説明してくれた。男の子は気まずそうに勉強机で本を開いたまま、視線を上げなかった。他にも近所の人がよく様子を見に来るとかで、部屋は掃除機がかけられてきれいに片付いていた。「いいですね」と頷く母の横で、私は男の子の方を見ないよう意識しながら、早く帰りたくてたまらなかった。

「そうだ。りっちゃんのお父さん、ホテル風月で働いてるけど、それ、布団敷いたりする係なんだって」

もう一押しするように樹里が私に告げた。私は「ふうん」としか言えなかった。

教室の中に戻ると、律子が席で本を読んでいた。じっと無表情に目線を落として、開いたページを見つめている。心臓がどくんとした。前の席の私を見ないまま、下を向いて、時折、口の中で小声でブツブツ、何か呟《つぶや》いている。どうやら、本の一節を読んでいるらしかった。

思わず視線を逸《そ》らした。バレたと思った。普段、律子は給食前のこの時間に本なんか読まないし、ましてこんなふうにブツブツ声に出す読み方は絶対しない。

黙ったまま、自分の分の給食を取りに配膳台に並びに行く。もう列はおしまいになりかけていて、まだ取っていないのは私と樹里くらいだった。

律子はこれまでも学校を替わってる。

噂になるたび、転校する。そしてうちの学校でも、もう噂になり始めている。律子はここからいなくなってしまうのだろうか。一緒に卒業できないんだろうか。律子とは彼女の母のはんだごてを使って卒業制作を作る約束だってしたのに。

律子の母の顔をまた、思い浮かべた。自分の赤ちゃんをその場限りの嘘で隠してしまう大人。いつかはきっとわかってしまうのに、短い間私たちに隠すことに、どんな意味があったかわからない。美貴の家から盗った二千円でどれだけのことができるのか、わからない。そんなにお金が欲しいのだろうか。

まるで子供みたいだ。

律子の家の前にある田んぼの泥を思い出す。ぐちゃぐちゃとこねくり回された柔らかい泥の中に、ザリガニがいっぱい、ガシャガシャとひしめき合う。はさみや甲羅《こうら》の泥臭い匂いを思い出す。ゲッゲゲッゲゲッゲゲッって、カエルの鳴き声まで聞こえたように思えて、ゲェッとなった。給食は、ほとんど食べられなかった。

4

次の日の放課後、律子が帰った後で、私と優美子は樹里たち女子数人から教室に残るように言われた。来た、と思った。背筋が硬直する。

話を聞く間、私はずっと優美子の隣にいた。もし何かあったら、彼女の手を引いて一緒に逃げるくらいの気持ちでいた。私たちはその時、三人で仲が良かったから、責任のようにそう思っていたのだ。

だけど、その場にいた誰の気持ちをも裏切るように、話を聞き終えた優美子は動揺もせず、ただ一言「知ってる」と告げたのだった。

全員が拍子抜けして、「え?」と彼女を見た。

きれいな顔の小さな唇をほんの少し尖らせるようにして、優美子が頷いた。

「知ってるよ。りっちゃんのおばちゃんのこと。仲良くなったばっかりの頃、うちでもそういうことがあって、うちのお母さんとりっちゃんのおばちゃん、話し合ってた。もうやっちゃダメだって、お母さん止めたって言ってた」

絶句してしまう。

昨日から驚くことがいっぱいだけど、中でもとびきりの驚きだった。ゆっくり視線を動かして、優美子が続ける。

「知ってたよ」

それきりすっくと立ち上がって、私をちらっと見た。その目を見た途端、こんなところに座っている自分のことが無性に恥ずかしくなった。真似するように、慌てて一緒に立ち上がる。鞄を引っ掛けて出て行く優美子の後ろを急いで追いかけた。樹里たちは啞然としたまま、誰も追いかけてこなかった。

廊下を出て、玄関を抜けて。田んぼのあぜ道に出るまでの間、優美子は口を利かなかった。やがて、ぽつりと言った。

「ごめんね」

ようやく、優美子がこっちを向いた。その顔に微かな笑みが浮かんでいてほっとする。

「ずっと言わなくて、ごめん。ミチルちゃんには言いたかったんだけど」

「ううん」

優美子は前から知っていた。ショックだったし、気にならないと言ったら嘘になるけれど、今はとにかくそれ以上に優美子をすごいと尊敬してしまう。みんなが騒ぎ出すずっと前から事情を知っていたにもかかわらず、騒がなかった。今も律子の親友で、彼女の母親とだって平然と喋っている。

「お母さんからは、りっちゃんと仲良くしててもいいって言われたんだ」

優美子の母は、ピアノの先生だけあって、どこか優雅な雰囲気で、高校生の生徒だって教えているせいか、話し方もサバサバしていてかっこよかった。うちの母たちより断然若く、おしゃれな印象だった。

「うち、寄ってく？」

優美子が聞く。私は「うん」と頷いた。

道の先に、律子の家が見えてくる。縁側の窓が開いていないことを、無意識に祈った。

明日からはきちんと三人一緒にいつも通り帰ろう。決意していた。今日律子を締め出すようにして優美子と二人だけでいることが後ろめたかった。

なるべく声を立てないようにしながら、俯《うつむ》いて家の前を通り過ぎる。律子もまた、私たちを避けて姿を隠したのかもしれない。縁側の窓が開いていたかどうかは見なかったが、家の方からはいつもしている弟の声すらしなかった。

この道は、ほとんどのクラスメートが前を通る通学路だ。みんなが話す内容は、きっと中まで聞こえていただろう。樹里たちも、毎日ここを通って帰る。

優美子の家に着くと、彼女の母親が冷たいジュースを出してくれた。二人は何かを話していたようで、出てくるまで少し時間がかかった。私はピアノのある涼しい部屋で、膝頭《ひざがしら》に手を置いたまま、じっと座って待っていた。

ちょうどピアノのレッスンがない時間帯だった。私と優美子をソファに座らせ、優美子の母が斜め向かいにあるピアノの椅子に腰掛ける。おもむろに、私に尋ねた。

「ミチルちゃん、もう生理はある？」

「まだです」

びっくりして首を振った。クラスで早い子たちはもうなっているという噂だけど、面と向かって友達と話すことは憚《はばか》られる話題だった。優美子の母は、静かに「そう」と頷いた。横で黙ってジュースを吸い上げてる優美子を気にしてしまう。生理、もう来たんだろうか。私より背も小さく、痩《や》せているけど。――律子はどうだろう。背が高いし、胸も大きい。

「律子ちゃんのおうちはね、お金がなくてやってるわけじゃないと思うの」

話が急に飛んで、ドキンと胸が鼓動する。初めて、大人が律子の家の問題に触れるのを聞いた。

「女の人はね、かーっとなっちゃう時があるの。ミチルちゃんも生理が来るようになるとわかるかもしれないけど、自分でもどうしようもないくらいコントロールが利かなくなっちゃう時がくる。律子ちゃんのお母さんは多分、それなんだと思う」

優美子の母の言葉を、私がきちんと理解できたのはその時すぐではなかったと思う。ただ、わからない部分に関しても覚えていることはできた。後に、私はこの日のことを何度か反芻《はんすう》し、そのたび、あれは現実にあったことだろうかと不思議な気持ちに陥る。まるで、白昼夢のような記憶として、胸にしまわれた。

その日、私は、母親の横で黙って座っている優美子が羨ましかった。

私は自分の母には聞けなかった。

クラスの親たちの反応は様々だったものの、積極的に先頭に立って騒ぎ出す人はいなかったそうだ。各学年一クラスだけの小さな学校だ。弟のクラスでも、きっと同じことが起きていた。ＰＴＡでも問題になったそうだし、先生たちの耳にも当然入っていただろう。

どこまで深刻に話し合われたのか。律子の母親に対して、誰が何をどう本人に直接言ったのかも、噂はたくさんあったが、真偽の程はあやふやだった。彼女が警察に捕まったという話は聞かなかったし、律子のうちは相変わらず授業参観にも運動会にも顔を出していた。他のお母さんお父さんとも親しげに話し続けていた。誰も皆、何もなかったかのように振舞う。それが大人というものなのかもしれない。

子供の私たちの間でも、律子を非難するような噂はしばらくすると止んだ。陰口を言う子は依然としていたが、それらの声も地下にもぐるようになり、大っぴらに言う者はいなくなった。私に噂を聞かせた樹里たちも、再び律子と仲良くし始めた。裏でどう思っているかはわからなかったが、みんながそうした理由は二つある。

一つは、その話題で盛り上がるのに飽きたということ。

もう一つは、間違いなく優美子の力だった。クラスでピアノを習っている子の大半は彼女の母の教室に通っていたせいもあり、優美子と揉めることを避けていた。何より彼女の毅然《きぜん》として変わらない姿勢が、いじめなんかする気を一気に白けさせたのだ。

5

六年生の夏になっても、律子は転校する様子がなかった。他の学校では一年程度で引っ越してしまったと聞いたけど、私たちの北小には三年生で転校してきて、それからずっといた。

二学期からはいよいよ、卒業制作に取りかかることになった。夏休みの間に、一緒に作りたい子同士グループになって、制作の内容を相談しておくように宿題が出ていた。律子の母はもう内職をやめていて、はんだごてを使う案はなしになったが、私は優美子と律子の三人で模造紙に大きな絵を描くことを決めた。

夏休み、私は母と県庁所在地の繁華街に出かけた。映画を観て、ご飯を食べて、買い物して、夕方近くなって家に帰って来た。

車庫で車を降り、買ってもらった新しい服が入った紙袋片手に玄関まで歩く。後ろで、母が車の鍵を閉めていた。

玄関の引き戸が、しっかり閉まっていないことに気づいた。わずかに開いた細い隙間の向こうが、どこまで覗いても真っ暗な気がした。

嫌な予感がした。

母は戸締りしていただろうか。出かける時にはまだ家にいたおじいちゃんの軽トラは、表になかった。きっと畑に行っている。うちは留守のはずだった。

引き戸に手を掛けると、カラカラカラカラ、と戸が滑った。

突き当たりの廊下に、丸い背中が見えた。ひゅるっと喉を冷たい空気が通った。驚きすぎて悲鳴も出なかった。黄色いエプロンの紐。短い髪、ぽっちゃりした、肉のついた丸い背中。気配に気づいて、律子の母が振り向く。

これまで何度も見た、いつもと同じはずの律子の母の顔が、今初めて見る他人みたいに引き攣《つ》っている。ここはうちだ。私のうちで、律子の家じゃない。ここにおばちゃんがいるのはおかしい。

ワンテンポ遅れて、ようやく叫び声をあげそうになったその時、背後から母が走ってきた。私をしゃんとさせるように、声が飛ぶ。

「ミチル！　玄関、閉めな！」

びくっとなって振り返る。すごい速さで駆け込んできた母の目は、律子の母を見ていた。彼女も、私の母の顔を正面から見つめていた。母が、声に動けないでいる私を追い越し、自分の手で玄関を閉じた。外から中を隠すように。

青ざめた顔で立ち尽くす律子の母の手に、一万円札と千円札が数枚握られていた。目がまばたきをするのを忘れたように開いたままだ。目の端がひくひく動き、唇が細かく、細かく、震えるように揺れている。

「ミチル」

母が私に言った。目線の高さまで腰を折り、「二階の自分の部屋に行ってなさい」と告げる。私は頷けなかった。

わかってしまった。きっとうちの母もまた知っていたのだということを。私に何も告げず、話題にもせず、だけど、知っていた。

「上に行ってなさい！」

律子の母が、喜怒哀楽のどれでもない顔で宙を見ていた。その膝から下が固まったようにぐらりと廊下にまっすぐ崩れていく。母の声に負けて、私はその場から追いやられた。唇を嚙んでどうしよう、と思う。見ちゃった。どうしよう。りっちゃん、どうしよう。

二階に行っても、部屋に入る気になれず、ずっと階段の上から覗き込むように下を窺《うかが》っていた。大人たちの声は、私の耳を気にしているのか、囁くように小さく、確かに何かの言葉を交わしていることは伝わるのに、内容が全然上がってこない。

話す声は、律子の母のものの方が圧倒的に小さく、か細く、そして少なかった。ほとんど、うちの母が話すだけ。いつもはあんなに元気な律子の母の口数が少ないことが私の足を竦《すく》ませる。

わからないことだらけだった。

普段律子の家で話すおばちゃんは、全然あんなふうじゃない。なんで、急に話しかけちゃいけない、全然別の人になってしまったような気持ちがするんだろう。わからない、わからない、わからない。

しばらくして、玄関から誰かが出て行く気配がした。慌てて場所を移動して、階段の窓から外を見る。ママチャリに乗った律子の母が、エプロン姿のまま、何も持たずにノロノロと道を漕いで行く。

その後ろ姿を見ながら、あの姿のまま、おばちゃんは買い物に行くのかな、とふと思った。

うちの近くにはスーパーが一つしかない。律子の母は車の免許を持っていないと聞いたから、買い物はいつもそこでするしかない。たくさんの知り合いが来るし、うちの母だってあそこに行く。顔を合わせる。そこでお互い、どんな顔をするんだろう。今まで、優美子の母と、美貴の母と、翔太の母と、どんな顔して会っていたんだろう。スーパーのレジだって、近所の内田さんがパートで来ている。内田さんの家の子供は幹也と同級生だから、「泥棒」のことは知っているはずだ。どんな気持ちでお金を受け取るんだろう。

何にもなかったことにする。

うちの町の大人は、何にもなかったことにしてしまう。

階段を降りてリビングに入ると、皺《しわ》が寄ったお金が机の上に置いてあった。疲れた表情の母が、その前で座っていた。私が入ってきたのに気づいて立ち上がる。困ったような微笑が浮かんでいた。置きっぱなしのお金を、すっと自分のポケットに隠すようにしまった。

美貴の母親は鉢合わせた時二千円をあげてしまったと聞いたけど、うちはそうしなかったのだ。

「お母さん。りっちゃんのおばちゃん、泥棒なんだって」

これまでずっと律子への裏切りのような気がして言えなかった。でも今、私が教えなかったからこんなことになった気がして、どうしても言っておきたかった。母は、いつかの優美子みたいに「知ってたよ」と答えた。

「転校してくる前から、そういう話はあったの。だけど、律子ちゃん自身はお母さんのこととは関係ない。ミチル、わかるよね？」

「りっちゃんと仲良くしてていいの？」

唇を嚙みながら、時間をかけて聞いた。

本当に泥棒だった。話でずっと聞いていたけど、想像以上にショックで、私は結局、これまで何にもわかってなかったんだということを思い知った。なんで入られた家の子はみんな、平気な顔して学校に来ているんだろう。律子とも彼女の母とも、平然と話せてしまうのか。

母は、警察に言うべきなんじゃないか。だけど、律子は、ここにいられなくなる。また転校するし、小さい赤ちゃんがいるのに、律子の母は警察に捕まって刑務所に入れられるかもしれない。どうするのが正しいのか、誰も正解を教えてくれない。でもこんなの、間違ってる。

答えない母に、もう一度聞いた。

「りっちゃんと仲良くしてていいの？　これからも、うちに、呼んでもいいの」

母が頷いた。

「いいよ」

笑顔はなかった。母も精一杯考えながら言ってることがわかった。

「ずっと、仲良くしなさい」


翌日、律子がうちに来た。幹也も一緒だった。

家の外に出る気がしなくて、誰とも何にも話す気がしなくて、私は家でベッドに仰向けになって、ずっと天井を見ていた。

玄関のピンポンが鳴る音がする。おじいちゃんは夏の間、毎日畑だ。母の休みも昨日だけだった。その休日のお出かけを、私は夕方のあの事件でめちゃくちゃにされたのだ。

返事をしないでいたら、外で、「せーの」と呼吸を合わせる小さなかけ声の後「ミチルちゃあああん」と二人分の声が重なった。

出て行こうかどうか迷った。会いたくなかったから、布団をかぶって無視してしまおうとしたが、思い直した。きっと、律子だって私と会いたくないに決まっている。けれど、それでも来たのだ。

起き出して、のろのろと階段を降りる。二人とも、玄関の前で気をつけをして、誰かに立たされているみたいに姿勢を正して待っていた。

ドアを開けると、幹也が私の顔を見て、ほっとした表情を浮かべた。だけど、律子の顔は引き攣ったまま赤い。頬っぺたもおでこも、肌全体が緊張したようにピリピリ張りつめて見えた。二人ともおでこに玉のような汗が浮いている。

蟬《せみ》が、鳴いていた。

「ごめんなさい」

律子が、頭を下げて謝った。

腰が、九十度近くまっすぐきれいに曲がっていた。砂埃《すなぼこり》が舞うほど乾燥した玄関先の黄色い土の上に、彼女の顔から、涙の粒がポツポツと、水玉模様を描くように落ちた。

幹也が不安そうに、お姉ちゃんと私を交互に見る。

私は、律子が他人行儀なことに打ちひしがれていた。「ごめん」でも「ごめんね」でもなく、「ごめんなさい」。そんなの、大人に謝る時にしか使わない言葉だ。

私が反応しないのを見て、幹也がわぁんと泣きだした。私は大きく息を吸い込んでから、律子に尋ねた。

「……いつも、こうやって謝ってるの」

「違うよ。だけど、ミチルちゃんだから」

俯いたまま、同じ姿勢の律子の肩が震え始める。涙と、言葉とともに吐き出される口からの唾液と鼻水が、玄関先の地面を汚していく。

「ごめん。ミチルちゃん」

幹也が、いつまでも声をあげて泣いていた。律子が奥歯を嚙みしめて、泣き崩れるのを耐えているのが伝わる。

律子も、幹也くらい小さかったらよかったんだ。私も、何にもわかんないで泣けるくらい、子供ならよかった。だけど、涙なんか出てこない。

私も律子も中途半端で、どうしていいかわからなかった。大人か子供か、どっちかになれたら楽なのに。

「もういいよ」と、呟いた。

疲れてた。

律子が顔を上げて「ごめんね」と泣いた。

次の週には、卒業制作用の絵の具を、優美子も一緒に買いに行く約束をしていた。

私も多分、なかったことにする。半端なりに、もうわかっていた。

6

絵の具を買いに行ったのは、駅前の南小地区だった。

三十分かけて坂道を自転車で登り、どうにか文房具を扱ってる大型書店まで行く。着いた時には汗だくで、書店の中が涼しいことに感謝した。騒ぎながら入ってきた私たちを、店員が一瞬迷惑そうな目で見た。子供だけでこんな遠くの店まで来たのは初めてだから緊張していたけれど、今日は親からお金を貰ってきている。大っぴらに学校用のものを買えるお金を握りしめた私たちは、肩身が狭くなかった。

「絵の具のほかにも、買おう」

優美子が言った。

マンガ本も、雑誌も、かわいいレターセットもシャーペンも、何もかも売ってる。何より大人の目がなくて、今は子供だけ。微かに気持ちが高揚していた。店内で自由行動になり、各々《おのおの》好きなところを見て回る。

立ち読みできる雑誌をざっと見てから、次にキャラクターもののシャーペンや下敷きを見ようと、別の売り棚を覗いた。

そこに、律子の背中が一人きりぽつんとあった。優美子は横にいなかった。

律子の背中。

普段は背が高くてまっすぐなのに、今は屈んで猫背のように丸まっている。うちの玄関を開けた時に見た律子の母の背中。黄色いエプロンの紐が、あるはずないのに、ダブって見える。

目が逸らせなくなっていた。

いけない。

足が固まる。

律子の手がすっと自分のスカートに向けて動いた。何でもないように。うっかり手が滑ってしまったのだとでもいうように。そう心がけてるのがわかったけど、指がぎこちなく曲がって、力が入っていた。

「……りっちゃん」

　声をかけると、律子がぱっと振り向いた。と同時に、先を丸めた指の間から、小さな、星の形をした消しゴムがこぼれ落ちた。私の顔を確認した律子が、焦《あせ》ったように床に転がった消しゴムを見つめる。金縛りにあったように目を、見開いていた。視線がオロオロ動く。優美子を探してるんだと思った。

　その目を見たらわかってしまった。私の思い違いじゃない。転がった小さな消しゴムは、どう見ても高そうなものではなかった。私たちのお小遣いをはみ出るものには見えなかった。

　律子は、母親とは違う。

　彼女が泥棒だなんて噂は一度だって聞いたことがなかった。私は歩いていって消しゴムを拾うと、かわいそうなほど動揺してる律子に、「優美子ちゃん、多分、本の方だよ」と話しかけた。

　言葉は、慰みになったかどうか、わからなかった。律子の頬は、この間うちに謝りに来た時以上に真っ赤だった。表情が顔から消えていく。

　私はもう、おしまいにしてもいいと思った。

「ダメだよ」

　手の中の消しゴムを差しだすと、律子が視線を逸らした。私の顔も、消しゴムも見ない。汚れたわけじゃないし、ビニールに包まれてるからまだ売り物だ。だけど、これはもう律子のものだ。売り棚には戻せない。

「お金、払いなよ」

なかったことにはもうできないし、したくなかった。今これを見つけたのが私じゃなくて、大人で優しい、天使のような優美子なら、どうしただろう。優美子の母だったら、うちの母だったら――。

突っ立ったままの律子の手に消しゴムを握らせる。

気持ちの整理なんかとてもつかなかったけど、ただ一つ、許せないという思いだけはしっかりと心の真ん中にあった。

優美子を探して、「先に帰る」と告げる。びっくりしていた。律子がどうごまかすつもりかわからないが、私からは何も言いたくない。もう係わりたくなかった。

どうやって帰ったか、わからない。行きはあんなに苦労したのに、帰りはあっという間だった。

自転車で風を頬に受けながら、悲しかったし、苦しかったけど、すっきりもしていた。目の前に見える太陽に向けて、手のひらをかざして何か叫びながら坂道を降りた瞬間があったことだけ、よく覚えている。

律子とは、卒業まで満足に口を利かなかった。絶交というほどではなかったものの、疎遠になったのは確かで、もう優美子と三人で遊ぶことはなかった。律子も幹也も、二度とうちに来なかった。卒業制作は、樹里たちのグループに入れてもらった。律子と優美子の卒業制作は版画で、あの日書店に一緒に買いに行った模造紙も絵の具も使われていないものだった。

律子は、私たちと一緒に卒業した。最後まで、仁志野北小にいた。

中学も一緒の公立に行くかと思ったが、結局そこが区切りになった。別の中学校区に、弟たちと一緒に引っ越して行った。噂によると、中学校ではまた一年単位の引っ越しと転校を繰り返したそうだ。

警察に届けられない泥棒。

仁志野町でだけおおごとにもならずに過ぎた三年間は、何だったのか。いいこととも、悪いこととも未だに説明できないし、そういうものだったとしか言い様がない。

7

高校に入り、律子と同じ中学の出身だという子と同じクラスになった。その子は、律子と今でも仲が良く、時々会っているという。

律子は学区の関係ない、別の町にある商業高校に進んだそうだ。私たちが受験のため放課後も残って勉強する帰り道、よくファーストフード店の前で男の子たちと一緒に騒いでいる、あの制服の高校か、と思った。

「律子は東京に行くんじゃないかな」

と、彼女が言った。

「よく遊びに行ってるみたいだし、この間なんか雑誌のストリートスナップに撮られたって言ってたもん。向こうの短大か専門に行くんじゃない。いいよねー、かわいい子は」

「へえ」

彼女から聞いた、相変わらず髪が長く、おしゃれで歌が好きだという律子の特徴は私が知る彼女のままだった。泥棒という言葉は、話の最中、一度も出なかった。

ある日、校門の横で律子の姿を見かけ、私は棒立ちになった。

彼女は、友人と待ち合わせでもしている様子で、ラインストーンのついた鏡を覗き込み、前髪を整えていた。艶やかな黒い髪が記憶よりさらに伸びて、一人、周りとは違う制服を着た姿は目を引き、堂々として見えた。

りっちゃん、と思わず、声が出そうになった。

しかし、その途端、一方的に引導を渡すように彼女から離れた記憶が甦《よみがえ》り、踏み出しかけた足を止めた。複雑な気持ちになる。彼女が待っている友達は多分、私のクラスメートだ。律子は今の友達と私が繋《つな》がっていると知れば、いい気持ちはしないはずだ。学校の方に戻ろうか、と向きを変えかけたその時、律子が、鏡から顔を上げた。私たちは、目が合ってしまった。

心の準備がないまま、互いの口が、あ、と開く。それでも背を向けることはできたはずなのに、私は気づくと彼女に向けて呼びかけていた。「りっちゃん」と。

律子はきっと困ったように顔を俯けるか、他人行儀に会釈《えしゃく》するか、どちらかだろうと思った。しかし、そうではなかった。

彼女は大きな目の表面を微かに揺らしながら、「え、と」と困ったように微笑んだ。曖昧に、はにかみでもするかのように。

「ちょっと、待ってね」

視線が宙に数秒泳ぐ。

私の名前を思い出せないのだと、気づいた。助けを求めるように斜めに傾げた顔の唇が、リップクリームでも塗っているのか、薄紅色に光っていた。

「優美子ちゃんの、友達だったよね」

やがてした声の、その言い方から、優美子とはまだ連絡を取り合っているのだろうとわかった。私はどう反応すればいいかわからない、宙ぶらりんな気持ちのまま、かすれた声で「うん」と頷いた。唇が乾いていた。

律子がさらに「樹里ちゃんたちと、仲良かったよね。懐かしいな」と話し出す。律子が話す途中で、私のクラスメートがやってきた。おまたせー、という軽い声に、律子が「遅いよぉ」と、ぱっと顔を輝かせて応える。離れる時、「じゃあまた」と別れの挨拶をされたが、最後まで、彼女は私の名を呼ばないままだった。

自分の友達と話しながら、律子が去っていく。その背中に、かつてのような緊張は感じ取れなかった。小学校四年生の彼女が球技会を休んだこと、あの時、思い詰めたように肩に力が入っていたことを思い出す。

遠ざかっていく彼女と、話すべきことが他にあったような気がして、けれど、何も言えることなどないことに気づき、きゅっと唇を嚙む。私は確かにもう、彼女の友達ではなかった。ごめんなさいと、かつて、大人にするように、目の前で涙をこぼされてさえ。

夏の日、今はもう空き家になった律子の家の前、田んぼで嗅いだ泥の匂いが、ふっと鼻先をかすめて消えた。

石蕗南地区の放火

1

「不審火だって、不審火」

朝の事務所に一歩入ると、業務課長の弾んだ声が聞こえた。すぐにもそっちに顔を向け、話題に入りたいのを我慢して、私は、「おはようございます」と頭を下げる。そう広くはない事務所の、右隅の応接セットの脇。パーテーションで仕切られ、客の目を隠すように置かれたポットのお湯を入れ替えるところからが、私の仕事だ。

「笙子《しょうこ》ちゃん。これ、笙子ちゃんの実家の近くじゃないの？」

給湯室に向かおうとしたところで、呼び止められた。課長が広げた新聞の記事は、今朝、私が読んだものと同じだろう。

「詰め所の火事ですか」

「そう。テレビでもやってたけど、消防団が火事出すなんてなあ、医者の不養生どころの話じゃないよね。しかも不審火。笙子ちゃん、確か石蕗町《つわぶきちょう》の南に住んでただろ？　近いんじゃないかって話してたんだよ」

「近いどころか、真向かいなんです。その詰め所のある神社」

課長と職員何人かが「本当?」と目を丸くした。口調が気遣うものに変わる。

「じゃあ、お母さん心配なんじゃないの。電話した?」

「向こうからかかってきました。火、結構な勢いだったみたいですね。父や近所の人たちも消火を手伝ったそうで、昨夜はほとんど寝てないそうです」

「家は大丈夫?　貰い火事なんて冗談じゃないからね」

「大丈夫です。ただ、電話の様子だと母がかなり動揺してるようなので、今日は実家に戻ろうと思います」

始業のチャイムが鳴る前の事務所に、局長や役員の姿はまだない。業務課長が考え込むようにしながら、「今日、現場調査に行くことになると思うから」と言った。

「後で出納《すいとう》課に言って、罹災《りさい》見舞金一万円。いつものとおり現金で用意してもらってくれる?」

「わかりました」

昨日の残りが入ったポットを持つ腕がだるい。廊下に出ると、ストッキングが滑って、ミュールの踵《かかと》が大げさなガツッという音を立てた。

短大卒業とともにこの職場に入り、今年で十六年が経つ。十一年目に時間の流れの速さに驚愕《きょうがく》してからは、それまで意識しなかった自分の勤務年数も年齢も、毎年やけにはっきり頭に刻まれるようになった。勤務年数プラス二十が、そのまま私の年齢だ。

三十六歳。

短大出身の女性は、たとえ正職員であっても結婚したら退職を余儀なくされる古い体質のこの職場で、私は今も働いている。

財団法人町村公共相互共済地方支部。

漢字ばかりの長い名前は、最初の頃、なかなか覚えられなかった。必要書類にはゴム印を押してしまうから、手で書いて確認することもないし、そのせいで自分の勤め先であるにもかかわらず、「公共」と「相互」はどちらが先だったっけ、と首を捻《ひね》るようなことが今でもある。

業務は主に、町村の持つ建物や車、公有物件の保険事業だ。仕事相手は、役場や町村にある公共施設で働く公務員たち。保険の対象となるのは、町村役場の庁舎を始め公立学校や施設、そしてそれらが各自で持つ公用車。県単位で置かれた地方支部ごと、それらの災害や事故に対して共済金を支払う。

「笙子さん、おはようございます」

給湯室で、沸かしたばかりの熱湯をポットに移し替えていると、後輩の朋絵《ともえ》がやってきた。去年入ったばかりの、私より十歳近く年下の臨時職員。健康診断で一緒に身長と体重を計った時、まったく同じ数値だと盛り上がったことがあったが、体型はまるで違う。同じ制服を着ていると、なおのことはっきりと際立つ。朋絵の小さな顔と、今の若い子らしくきゅっと高い位置で引き締まったウエストを見ると、最近たるみ始めた私の二の腕分の肉は一体どこについているのだろうと疑問に思う。

「おはよう、ともちゃん」

「今、事務所に局長がやってきて、火事のことで盛り上がってますよ。笙子さんの実家の近くだったんですね」

「うん」

「課長が先方に今から行くって電話してたみたいだけど、笙子さんも行くの？」

「たぶん。ついてって、現場の写真撮ってくる」

「ふうん。いいなあ。消防団員の若い衆に囲まれてくるなんて、私も行きたい」

「ともちゃん」

窘《たしな》めるように見つめると、「だって」と朋絵が肩を竦《すく》めた。

「気をつけてね。笙子さん、モテそう。それとさ、火事現場って臭いがすごいでしょ？制服の上からジャージ着なよ。前の時もそうだったじゃん。臭い、移っちゃう」

「うん」

去年の夏、県の南端にある村の保育園が小火《ぼや》を出した時、笙子は初めて現場に行った。風水害や悪戯による窓ガラスの破損など、共済金請求のほとんどの場合は、先方が写真を添付してくるだけだが、火事となるとそうもいかない。共済金の額も大きく、名目上、調査も必要となるため、こちらから職員が出向く羽目になる。町村からの災害報告と請求の書類は毎日のように届くが、火事は年に一件あるかどうかだ。

前回の保育園の倉庫は、花火大会での火の不始末が火災の原因だった。幸いにして、けが人はいなかった。

「今回の火事、不審火なんでしょ。怖いね」

私が手にしたポットを、朋絵が代わりに持ってくれる。「いいよ、持つよ」と断ると、「笙子さんは早く支度しなよ」と首を振られた。

「消防の詰め所が放火って、なんか皮肉。けが人出なくてよかったね」

「まだ放火って決まったわけじゃ」

「放火でしょう、不審火って時はだいたい」

やけに神妙な顔をして言いきった後で、「あ、そういえば」と朋絵が続けた。

「何？」

「笙子さんの地元ってことはさ、あの人たちの消防団なんじゃない？　ほら、今年の初めに頼まれて合コンした」

「ああ」

私はいかにも今気づいたように頷《うなず》いた。

「あったね、そんなことも」

「うわー、だったら私ノーサンキューだなあ。やっぱ羨《うらや》ましくない。笙子さんに同情する。あの時のメンバー、来てないといいね」

「大丈夫でしょ。それに仕事なんだから仕方ない」

細い両肩を抱いて鳥肌を立てた真似をする朋絵に向け、苦笑する。

「笙子さん、課長が呼んでるよ。一時間後に出るって」

事務所の男の子が呼びに来たのを幸いとばかりに、「はい」と返事をし、「ポット、後、お願い」と朋絵に小さく頭を下げた。

2

現場に着いて車を降りた瞬間、火事の臭いに全身を包まれた。

焦げ臭いなんて言い方じゃ形容が追いつかない。吸い込んだ空気から鼻の中に、重たい煤《すす》の塊がたまるようだ。朋絵の勧め通りに羽織った職場用のジャージの表面が、ここにいるだけで黒く汚れる錯覚を覚える。

建物の形は残っていたものの、ドアと窓から見える内部は完全な空洞になったように一面真っ黒かった。火元は、普段団員が集まる部屋がある二階。一階の車庫からとりあえず移されたらしい半分が黒ずんだ消防車が、詰め所のある神社の外れに停められている。

二階の窓のすぐ脇にある半鐘《はんしょう》が、上から墨汁で塗り込められたように色を変えていた。実家の部屋から見えるあの鐘は、本来、深い緑色だったはずだ。あの音に、深夜、何度叩き起こされたか知れない。

「笙子ちゃんの実家、あれ？　本当に目と鼻の先じゃんか」

「ええ」

課長が指差した家は、幅の狭い道路を間に挟んで現場と十メートルと離れていない。見上げると、私が使っていた二階の部屋の窓が見えた。団員たちが出入りしている詰所と高さがほぼ同じせいで、私は年頃になってから、自分の部屋のカーテンを開けたことが数えるほどしかない。それでも細く隙間の開いていたカーテンの間から、二階の通路を歩く団員の一人と偶然目が合ってしまって以来、絶対に向こうを見ないと決めた。私はパジャマだった。暴力的なほど眩《まばゆ》い照明の下に立った彼が、気まずそうに顔を逸《そ》らした瞬間は今もまだ覚えている。

着替えを見られたくない、という私の思いは、そのまま、向こうだって好きで見るわけではないということなのだと悟った。祖父母の家の敷地内に私の両親がこの家を構えた時、神社はまだ静かで、詰め所は別の場所にあった。後から移転され、そしてうちの周りは騒がしくなった。最初からわかっていたら、両親だって、娘の部屋をあの位置にしたりしなかったろう。

「すいません、災害共済のものですが」

「ああ、はいはい。お疲れ様です」

話が通っていたのか、うちの課長に向け、現場に立っていた年配の男性が近づいてくる。それを合図にしたように、何人かがこちらを振り向き、浅く顎《あご》を引いて挨拶《あいさつ》してきた。

警察による実況見分はすでに終わった後らしかったが、現場では、たくさんの男たちがそれぞれ作業をしていた。

「おい、そっちの私物の中で、誰のかきちんとわかるもんが残ってたら連絡取れよ」

離れた場所でした声が、やけに響いた。振り返ると、黒地に白く「南」の字が入った法被《はっぴ》を着た背中が、すぐに目に入った。

消防士たちのオレンジ色の作業服と違い、裾に赤いラインを入れた法被姿は地元の消防団員たちだ。この詰め所を、まさに使っていた男たち。火元責任者。

消防署の消防士たちが、職業として消火にあたるのと違い、消防団は、地域の若者を中心に構成されたいわばボランティアだ。普段はそれぞれ別の職業につき、有事の際に消火の手伝いとして出動する。地域の清掃活動やお祭りなどのイベントに駆り出されることも多く、同じ地域に住む先輩後輩同士、飲み会や旅行に興じる互助会としての側面が強い。

実家に住んでいた頃、火事の起きない日であっても、詰め所の二階の窓は明かりがついていることが多かった。マージャンの牌《はい》をかき混ぜる耳ざわりな音。品なくあがる笑い声。誰かの携帯の着メロが鳴った後で、外に出てきた一人が「まだ当分帰らせてもらえん」と、妻らしき相手に嘆く声も聞いたことがある。朋絵がバイトでしているコンパニオンも、月に一度の頻度でどこかの消防団の飲み会に呼ばれることがあると聞く。昼の職場が職場だから、いつ知り合いに会うかもわからない。そういう時は置屋のママに言って休みをもらうそうだ。

さっきの男が、後輩らしき相手に向けてさらに声を張り上げた。

「あっちに動かした消防車の中も、誰か確認したか？　二階にあった予備のキーはどうした。きちんとまとめて管理しとけ。わかるように」

「大林《おおばやし》さん、でもあれ、焦げて使えないって」

「そういう問題じゃないだろ！」

きびきびとした声で、男が次々に指示を出す。

指示を受ける団員の一人が、私たちに気づいて、微かに頭を下げた。現場に足を踏み入れている女は私一人だ。若い団員たちが、場違いな存在である私を怪訝《けげん》そうに見る中、彼らの指揮を取る年上の男だけが、頑《かたく》なまでに背中を向けて、絶対にこちらを振り向かない。

私も顔をそむけ、それ以上彼らを見るのをやめた。大林が現場の片付けを後輩に命じる怒鳴り声が、まだ続いていた。

担当者の話を聞き、写真を撮り終えると、もうお昼近かった。現場を見て回る最中、実家の方向を何度か見た。火事跡を見物に来たらしい近所の人に混じって、うちの母も出てこないかと見ていたが、姿がない。私の様子に気づいたのか、課長が言う。

「もうお昼だし、家に寄ってきたらどう？　俺は適当にどっかその辺で食べてくるからさ。一時過ぎに車のところで待ち合わせて事務所に戻ろう。それか、もしお母さんが気がかりなら、午後は休んでも構わないから」

「いいんですか?」

「こんな時だしね。写真はもう撮ったし、後は向こうから請求上げてもらうように言ったから問題ないよ」

すいません、と礼を言い、好意に甘えて家に戻る。

現場を離れると、一度は麻痺《まひ》していた鼻が、思い出したようにジャージについた火事の臭いを嗅《か》いだ。気休め程度に上着を脱ぎ、空気を大きく漕《こ》ぐようにはたいてみるが、臭いは取れそうになかった。

ちょうど昼食を取っていた母は、まだ興奮状態が続いていた。

帰ってきた私を見て、「まあ、しょうちゃん!」と声をあげ、朝の電話と同じテンションで昨夜の火事を語り始める。

「とにかく、すごい煙だったのよ。お宮の木にも燃え移ったし、よく林が燃えてしまわなかったもんだと思って」

「火元は二階だって聞いたけど」

実際に上がったことはないが、タバコの煙が立ち込めた室内でマージャンに興じる男たちの姿が、見たことのように目に浮かぶ。火の不始末があっても不思議じゃない。しかし母は「放火だよ」とあっさり言って、身を震わせた。

「ここ数日は出動もなくて、誰も中に入ってなかったって言ってたよ。ああ、もう、おそろしくて、おちおち住んでいられない。変な人が多いねえ。よりにもよって消防団を狙うなんて」

「昨日は、あそこの団員さんたちどうしたの？　消火道具、持ち出せなかったんでしょ」

見てきたばかりの黒焦げになった車庫やホースを思い出しながら言うと、母が「だけど頑張ってくれたよ」と答えた。

「神社のお堀の水や、うちの水道からも水汲《く》み出してバケツリレーしたけど、一生懸命やってくれたよ。消防の建物から火を出してすいませんって、泣いて謝ってくれて。悔しかったんだろうね。うちにも、今朝、また謝りに来た。あの分じゃ、一軒ずつ全部行ってるんじゃないかな」

「へえ」

「片付けだって寝ないでずっとやってるみたいだよ」

「南」と書かれた法被の背中を思い出す。

同じ地区にこれからも住む者として当然の配慮だという気もしたが、うちの母の胸に、彼らの対応は十分に誠意をもって届いたらしかった。「あの人たちもかわいそうに」と続ける。

「一番熱心に謝りに来たのはね、大林さん」

私の分のご飯をよそいながら、何気ない調子に母が言う。私は答えなかった。黙ったまま、テーブルの上に並んだ母の佃煮《つくだに》や漬け物を眺めていた。実家は、どことなくいつも食べ物の匂いで甘ったるい。醤油がしみ込んだままになったような古いテーブルの模様をじっと見ていると、母がまた言った。

「あの人は役場だし、消防団の中では一番年上だからって責任も感じたんだろうね。いい人だと思うんだけど、しょうちゃん、あの人じゃダメなの？」

「……うん」

聞こえるか聞こえないかの返事をわざと返す。母が私の前に茶碗を置いたのを見て、「お味噌汁もある？」と自分から台所に立った。

私が来たことを知っても、絶対にこちらを振り向かなかった大林の背中。そのくせ、声はわざとらしいほど大きく、生き生きしていた。

あの男を嫌だ、と感じた気持ちに今も変わりはない。娘の周りに男の気配がまるでない、と心配する母に、婉曲《えんきょく》な言い方とはいえ大林に誘われた話をしてしまったことが、今更ながら悔やまれた。あの時はただ、娘にも女としての魅力があることを、母に思い知らせたい一心だった。見合いの話を探してやろうか、と声をかけられ、ついかっとなって話してしまった。

変化を求め、三十になると同時に始めた私の一人暮らしを、両親は今もまだ完全には認めていない。実家に戻るたび、「相手はいないのか」と言われることに、辟易《へきえき》していた。「一人のままこんな年になっちゃって、周りはみんな片付いてるし、どうするの」と心配されることにもいい加減うんざりだ。そんな態度だからこそこの家を出たのに、無自覚な両親が疎《うと》ましかった。

大林のことを伝えた時、母は確かに「あの役場にいる息子さん？」と満更《まんざら》でもない顔をしたのだ。大林は、お世辞にもいい男とは言えない。薄くなった頭髪、分厚い唇、顎から頬の周りにかけて広がる青い髭《ひげ》の剃り跡。太っているわけでも、極端に細いわけでもないが、身体の肉がだらしなくたるんでいるのが、服を着ていてもわかる。

母に言ってしまった後、得意に思えたのは一瞬だった。自分を貶《おとし》めてしまったような罪悪感に襲われ、「しつこくされて迷惑だった」とすぐに話題を終えた。

母が思い出したように大林の名前を口にするたび、心の表面が砂で撫でられたようにざらつく。

惹かれる部分などないはずなのに、母が大林に価値を見出しているそぶりを見せるたび、自分が惜しいことをしたのではないか、ひょっとしたら、あの男でもよかったんじゃないか、と気持ちが揺らぐ。そんなはず、絶対にないのに。そして、自分の価値が目減りしたように思うのだ。

「そうだ」

台所から戻ってきた私に、母が声をかける。

「お父さんの前の上司の人から、お見合いの話が来てるんだけど……。しょうちゃん、

「興味ないよね」

娘に怒られることを警戒してか、控えめな調子で母が切り出す。目線を上げた私の返事を待たず、早口で続ける。

「お母さんもお父さんもどっちでもいいから。だけど、紹介してくれた人がしょうちゃんのことを見かけたことがあるとかで、きれいな娘さんだからって、持ってきてくれた話で」

「会わないってば」

お見合いで結婚した友達も、何人かはいる。だけど、彼女たちは昔から恋愛にまるきり無縁なタイプばかりで、外見にもそこまで気を遣うふうではなかった。笙子はモテていいなあ、と学生時代あんなにも言われていたし、サークルで人気があった先輩二人に取り合いをされたことだってある。その私がお見合い結婚では、友達を式に呼ぶのだって気まずい。

しかし、その時思いがけない言葉が聞こえた。

「公認会計士だよ」

え、と目を瞬《しばた》いて、母を見つめる。

「隣町で、おじさんのやってる事務所を手伝ってる人。若いんだけど、副社長だって」

「若いって、いくつ」

「あんたと同い年」

「……ふうん」

「写真見る？」

「あるの？」

あるよ、と頷く母が、気のないふうを装いながら、いそいそと食卓を立って奥の部屋に消えていく。

家業を持つ男との結婚が、苦労が多いことはよく知っている。けれど、公認会計士ということは大学も出ているだろうし、転勤もない。長男と次男、どっちだろう。おじさんの事務所、ということは経営者の直系ではないのだろうけど。

お見合いだということは、話さえまとまってしまえば、いくらだって伏せることはできるんじゃないだろうか。問題は、今のままでは出会いがない、ということなのだ。

3

大林と横浜まで出かけてしまったことは、誰にも、母にさえ話していない。

今年の初めに、職場に出入りする石蕗町役場の職員に持ちかけられた合コンを、私は断ることができなかった。

「いいじゃないですか。独身同士、みんなで親睦会ってことでどうですか」

図々しい物言いに腹が立ったが、これからも仕事で関わることを考えたら、無下《むげ》にもできない。朋絵に来てくれないかと声をかけると、彼女は「別にいいですよ」と答えた後で、「笙子さん神経質だからなあ」と呟くように言った。

「私だったら断るけど。気にしすぎじゃないですか。いちいち生真面目に相手することないのに」

「だけど、これからも仕事で顔を合わせることになるし」

朋絵と違って、私は正職員だ。ここにいる限り、いつまたどんなことで相手と関わるかわからない。むっとしたが、彼女に断られてしまったら、ほかに誘える相手がいなかった。

「ごめん。一回でいいから付き合って。お店、どうしよう。なるべく知り合いに見られないところがいいんだけど、完全に個室になってるようなお店の心当たりない？　それと、幹事同士、連絡を取り合えるように携帯を教えて欲しいって言われたんだけど」

「そんなの、職場のパソコン教えとけばいいんじゃないですか」

朋絵の声が、途中から露骨にめんどくさそうになった。「でも向こうは携帯教えてきてるし」と続けるが、「ほっとけばいいですよ」とそっけない。無難な対応をしておきたいのに、まるで親身になってくれないことに苛立《いらだ》った。

朋絵は、私をよく、「モテそう」と言う。

「おしとやかで、公務員が思うお嫁さん候補ナンバーワン」

最初にその言い方をされた時は、立ててくれているのかと思っていたが、それは多分、私がおとなしそうで、男の言うことを聞きそうだから、舐《な》められているのだ。バカにしないで欲しい。私は実際には気が強いし、舐められるのも嫌いだ。

人の言葉や誘いに誠意のない対応ができないのは、礼儀の問題だ。私はごく常識の範囲で相手に応えているに過ぎない。おかしいのは、そこにつけ込もうとする礼儀知らずな輩《やから》たちの方だ。何故、誠実な態度を取った私の方がそんな人たちに損をしたような気持ちにさせられなければならないのか。

大林のことも、その最たる例だった。

石蕗町役場との飲み会は、合コンとは名ばかりの、彼らの無礼講だった。独身の若手を中心とした恒例の集まりに、私たちが客として招かれた形だ。私を誘った共済担当の男性職員は、この場に女を連れてこられたことがひどく誇らしげだった。

私たち二人に対して、男性は十人ほどいただろうか。全員役場の職員で、部署はばらばら。大林は、彼らの中ではダントツの年長者で、水道課に勤務しているとのことだった。

三十八で、町内の建設会社の娘との縁談がダメになったばかり。ただし、それは、大林の方が断った話であったらしい。後輩の男が「あの子、かわいかったのにもったいなかったじゃないっすか。向こうの親父さんも乗り気だったし」と言う声に、「お前、バカ言うなよ」と楽しそうに返していた。

「建設課にいた頃、あの家にどんだけ世話になったと思ってんだ。ただでさえ、あそこの兄貴はオレの同級だし、あんなよく知った家の娘もらったら苦労するに決まってる」

へえ、と感心した。魅力などかけらも感じない貧相な男だと思ったが、出会いにまるで無縁というわけでもないのか。後輩に名を呼ばれるごとに嬉しそうに応え、自分の仕事や家について饒舌《じょうぜつ》に語る。世間一般にいういい男ではないものの、この場では慕《した》われる存在であるらしい。

消防団の話も出た。

役場の職員という立場柄か、その場にいる大半が消防団に所属していた。今年の出初め式ではどうだった、去年の旅行は初の海外で韓国で、あの時は飲み過ぎて、誰がどんな失敗を……などと、内輪の話がおもしろおかしい様子に続く。

「火事ってのは切ないから、気をつけなよ。全部持っていかれちまうからね」

話の中盤で、大林の口から、消防団らしくそんな話も出た。

「写真とか、思い出まで全部燃えちまう。何にも残らん」

「だけど、去年の現場で指輪が見つかったの。あれ、よかったですよね。ほら、川の下手のばあさんの家。大林さんが手伝おうって言い出して……」

「ああ。大変だったけどな」

一人暮らしの老婆の家が全焼した際、消火活動が終わった後も残って、彼女の思い出の品だという金の指輪を焼け跡から皆で探し出したのだそうだ。平日早朝のことで、彼らは仕事に行くのを遅らせてまで彼女に付き合った。指輪が出てきた時、老婆は号泣して何度も何度もお礼を言っていたという。

「うっわあ、いい話じゃないですか！　私、感動しちゃった。かっこいい」

バイト仕込みなのか、朋絵がそつなく感嘆の声をあげた。「いやまあ、知らない仲のばあさんじゃなかったからさ」と照れ笑いを浮かべる若い男たちは得意げだった。

　宴会の途中から横に座るようになった大林が、私の家の場所や年齢を尋ねる。小さい町のことだから隠してもすぐにバレてしまうだろう。詰め所の向かいに実家があることを話すと、途端に親近感を覚えたようだった。――その立地のせいで、少女時代から気詰まりな思いをしていること、それが実家を出る原因の一つになったことは黙っていた。

『バックドラフト』という映画が好きなんだ、と大林が言った。消防士たちが主人公で、正義に燃える男たちが町の平和を脅かす放火犯を捕まえようと命を懸《か》ける物語。学生の頃に観て憧れ、ああいう男たちの仲間入りがしたいと思ってきた、と熱っぽく語る。

　どうせ、この場限りの付き合いだろうと、朋絵を見習って、相手を上機嫌にさせる言葉を選んで相づちを打った。今は直接付き合いがなくても、いずれ仕事で会うことがあるかもしれない。実家も近所だから、すげない態度を取って何かと差し障りが出るのも困る。

　実家で飼っている猫の写真が待ち受けになった携帯を見せられた。「かわいい」と言うと、さらに嬉しそうに、何枚も写真を見せてきた。本当は、私は小さい頃に大型犬に飛びかかられてから、犬も猫も、動物は苦手だった。室内で何か飼っている家に遊びに行くと、獣臭さにぞっとするし、そんな臭いの中で生活できる人の気が知れない。

実家から通える短大に進学したため、一度も県外に出たことがないと告げると、大林が「オレ、大学、横浜」と告げた。新年の駅伝でよく名前を聞く私立大学を卒業しているという。

「いいなあ、横浜」

反射のように声が出てしまった。横浜は好きだった。短大時代に友達と奮発してちょっといいホテルを取り、赤レンガ倉庫や外国人墓地を巡った。移動する電車の中から見えるみなとみらいの観覧車の灯りがロマンチックで、都会の中に現れる遊園地の光は、いかにも洗練されたおしゃれな印象だった。

「じゃ、今度このメンバーみんなで行こうよ。オレ、案内できるよ。中華街もいい店知ってるし」

「本当ですか、じゃあ、ぜひ」

社交辞令のつもりで返すと、間髪入れずに携帯電話が取り出された。「番号とアドレス、教えてよ」と、飼い猫が寝そべる画面を突きつけられる。助けを求めて朋絵を見るが、彼女は別の男たちと盛り上がっていて、こちらを見ていない。作業着姿の男にビールを注がれている。

「私のアドレス、長いんです」

「じゃ、赤外線通信のやり方わかる？」

「受信の仕方はわかるんですけど、送信がわからない。教えてもらったら、こっちからメールします」

　番号を交換しているところを見られたくなかった。皆が酔っ払って、こっちに関心をそう払っていないことを救いに感じた。大林の携帯から番号とアドレスを受け取り、携帯電話を鞄にしまうとき、「絶対に連絡ちょうだいね。オレ、待ってるからさ」と念を押された。わざと小声で、さりげないふうを装って囁《ささや》かれたことが、それだけで疲労感が増すほどに重たく思えた。

　帰りの車の中で、朋絵が「くだらない飲み会でしたねえ」とカラッとした声を出した。「うん。付き合ってくれてありがとう」と微笑みながら、本当は相談したくてたまらなかった。うっかり大林にアドレスを教えられてしまったこと、これから返信しなければならないこと。

だけど、彼女にまたバカにされるのは癪《しゃく》だった。生真面目だ、気弱だ、と言われるたびに、そんなことないのに、と言い返したくなる。私はただ、筋を通したいだけ。礼儀知らずになりたくないだけだ。今日の飲み会の会計は、すべて男たちが持った。奢《おご》られてしまった手前、何もしないでいるわけにもいかない。

　なるべく気のないことがわかるように、そっけない短い文面を作った。すぐに返信するのも気を持たせるようで躊躇《ため》われ、本音は早く返信して終わらせてしまいたかったけど、三日待ってから大林にメールを送る。

『この間はごちそうさまでした。またお仕事でお会いすることもあるかもしれませんが、その節はよろしくお願いします。』

絵文字も使わないし、きちんと「仕事」という単語を入れた。これで終わりにできるだろうと思ったのに、返信のメールはすぐにきた。

『この間はすごく楽しかったよ。同じ町内だったり、横浜や猫が好きだったり、共通点が多いことにもびっくり！　今度マジメにご飯食べに行かない？　市内にどんぐりハウスっていうおいしいステーキハウスがあって。この間は車で来てたから飲んでなかったみたいだけど、本当は飲めるんでしょ？　言ってくれれば、車で迎えに行くよ。帰りは代行使えばいいし。取り締まりが厳しくなってから代行、すごく安くなったからね。うちまでだいたい、なんと三千円あれば帰れちゃうから、全然気にしないで。』

携帯を持つ手の力が抜けた。

これでは、また返信しなければならない。どうして空気を読んでくれないのだろうと苛立ちながら、今回も一日以上時間をおいてからさらに短く返事を書いた。

『毎日仕事が遅くて、約束できません。ごめんなさい。』

『気にしなくていいよ！　時間ができたらいつでも、その日でもいいんで電話ください。オレも忙しかったら断るし。土日だったら暇？　横浜、いつでも案内するよ。』

猫の写真が添付されていた。

下に敷かれた毛玉だらけの毛布に、猫の白い毛がくっついて汚れた様子が生々しかった。直視できない。画面を閉じ、とりあえずこれで返事をしなくてもよくなったことに安堵《あんど》する。

しかし、しばらく経って、こちらからは連絡などしていないのに、またメールがきた。猫の写真がまたついていた。この間とは別のものだ。

『実は、今日はうちのソラの誕生日です。誰にも望まれずに生まれてきてしまったソラですが、オレが拾ったその日も小さく震えていました。今日も誰にも祝ってもらえないだろうけど、もしよければ、今日、空を見る時があったら、空に向けて、彼に、おめでとう、と声をかけてあげてください。拾ったあの日も、今日のようないい天気でした。』

モテない男たちは何故、犬だの猫だのの写真を送ってくるのだろう。

女はすべて、小動物や子供を見たら無条件に「かわいい」と言わなければならないのだろうか。私は子供も嫌いだった。結婚した友達の家に遊びに行くたび、横で騒ぐ子供を見てうんざりする。口に出せば極悪人のように責められるだろうから、絶対に言ったりしないが、正直、勘弁して欲しかった。

大林のメールは、それからもずっとそんな調子だった。何度朋絵に相談しようと思ったかわからない。

まったく返信しない、ということも考えたが、合コンを持ちかけてきた石蕗町の共済担当者は今も頻繁に事務所に出入りしている。大林が彼に私のことを話しているかどうかはわからなかったが、完全に無視することはできなかった。いつ、大林が共済の部署に異動になって仕事で関わることがないとも限らない。最初の食事の誘いのように、明確に返事を期待するメールの時には、必要最低限に短いメールを打ち返し続けた。

仕事で失敗したり、気持ちが疲れると、ごく気まぐれに大林の顔を想像してみる時も、あることはあった。実際には一度会っただけの大林の顔は平凡で、思い出そうとしてもよく覚えていなかった。可能性にかけるように、ひょっとしてそう悪い顔でもなかったのかもしれない、と思い込もうとしたこともある。

横浜に行こう、と誘うメールの調子は、きっと惰性《だせい》的に控えめになっていくだろうと期待したのに、予想に反してますます強引になった。礼儀知らずになりたくないだけだったのに、一度隙を見せるとどこまでも踏み込んでこようとする態度に、泣きたくなるほどだった。

誘いを受けることにしたのは、いつまでも続くその流れをこれで最後にしたかったのと、うろ覚えだった大林の顔をもう一度見ることで、彼と自分に今後の可能性があるのかないのか、きちんと見極めたかったからだった。

4

待ち合わせ場所に現れた大林を見た途端、後悔は始まっていた。

「久しぶり」

手の上げ方がぎこちなかった。着ているニットの胸に、なぜか大きく「Lemon」と書かれていた。何のブランド名でもない意味不明な英単語。これが無地だったらまだよかったかもしれないが、大林は、最初に会った時以上でも以下でもなかった。顔を一目見て、ああ、こういう相手だった、と一気に思い出す。

集合は、現地の横浜駅に直接にした。前日に向こうに嫁いだ友達と会う予定があるのだと嘘をついた。長い道のりを彼とドライブするのはさすがに躊躇われたし、地元では誰に姿を見られるかわからない。

「じゃ、行こうか」

会うなり、さっさと歩き出す。メールではあれだけ口数が多いのに、実際に会えば、私とは目も合わせない。せっかくの休日に、何故、電車を乗り継いでこんなところまで来てしまったのか。スタイルの悪い貧相な後ろ姿を見ていると、ふいに自分がひどく理不尽な目に遭わされているように思われて、どうにも気持ちの持って行き場がなくなる。

大林は、横浜まで車で来たらしい。社会人になってから、遊びに来る際にはいつも利用しているという格安の駐車場に車を停めた、と話した。

「中心部からは離れたとこだから、車取りに戻るの面倒だし、市内の移動はかえって電車やバスの方が便利だよ」

「そうなんですか」

田舎に住んでいると、バスなんて利用することは普段はほとんどない。大林のようないい年をした大人の男が、つり革に摑まって車中で揺られる様子を想像したらたまらない違和感を覚えた。だが、彼の車に二人きりでドライブという図は、もっとずっと抵抗がある。

中華街に向かう電車は、休日だけあって混み合っていた。

「田舎に住んでると大変なんだよな。三十過ぎた頃から、近所もうるさくって」

つり革を摑んで並んで立つと、大林が語り始めた。

「うちのお袋がさ、近所のじいさんやばあさんから聞かれるって、教えてくるんだけど、お前のとこの息子は役場に勤めてるんだから頭は悪くないだろうに、結婚しないのは身体に問題でもあるのかって、噂されてんだ。ったく、冗談じゃないよ。これだから田舎は」

笑いながら言う声に、私は曖昧《あいまい》に「へえ」と頷いた。それが事実だとすれば、私もまた、周りからどんな言い方をされているかわからない。少しも笑えなかった。

「うちの消防もさ、ほとんど全員結婚してるか、バツがあるからさ。まったくの未婚はオレが最後なんだよ。昔は、お前が真っ先に片付きそうだって言われてたのに、わからんもんだよね。誰かが結婚するたび、嫁さんのお披露目会があったり、結婚式で消防の連中みんなで余興したりするんだけど、オレはいつも祝う専門でさ。早く祝わせてくださいよって、後輩からよく言われるんだ。だけどまあ、こればっかりはねえ」

時間が経つにつれ、調子を取り戻したのか、大林はよくしゃべるようになった。聞いているこちらが恥ずかしくなるような明け透けな物言いに、「そうなんですか」と相づちを打つ。どれだけ後悔したところで、もう今日一日は彼と一緒に過ごさなければならない。

「余興ってどんなのするんですか」

「女性の前で言うことじゃないんだけど、花嫁点検っていうのがあってさ。消防ならではだよね。新婦の誰々は、中肉、中背、腰まわりのキレがよく、新郎の誰々くんが乗車の際にはどうこうでって、二次会になれば下ネタだよね」

にやっと笑う口元に鳥肌が立った。田舎の男連中の余興に品がないものが多いことくらい、これまで様々な披露宴に呼ばれ、すでに承知していたはずだったのに、わざわざ聞くんじゃなかった。女性を気遣う前置きをしながらも、仲間内の親密ぶりを自慢げに話す様子に辟易する。それで、シャレがわかるように見せているつもりなのかもしれない。

目くじらを立てるのも興ざめになるし、さりとて朋絵のようにはしゃいだ声で一緒に笑うような真似も私にはできなかった。黙ってしまうと「あ、これは失礼。ごめんごめん」とさすがに謝ってきたが、調子はごく軽く、悪気などまるでなさそうだった。

混み合う車中で並んで立っていると、ニットから出た大林の手の甲がうっすらと毛深いのが見えた。近い距離で、くっきりと筋が引かれたように刻まれた皺《しわ》や肌の汚さが確認できてしまい、横に立つ自分が惨《みじ》めになる。

途中の駅で人の乗り降りがあり、私たちのすぐ後ろに女の子が二人立った。朋絵をもう少し若くしたような学生風のおしゃれな子たちで、つり革に摑まりながら、片方がスターバックスのロゴが入った飲み物をストローで吸い上げていた。

おしゃべりに興じる彼女たちの方をぼんやりと眺め、再び反対側を向こうとしたところで、急に、大林が動いた。彼女たちの背後から「あのぉ」と声をかける。

「こぼすと危ないんで、きちんと持っててもらえます？　車内で飲食してることは大目に見ますから」

「はい？」

私は驚いたが、女の子たちはさらに驚いていた。大林の鼻息が荒い。声が微かに上ずっていた。透明なカップには、氷と、中味が半分以下。

「あ、はい。すいません……」

やがてした二人の声は、どう聞いても反省したわけではなく、こちらと関わることを避けてのものだった。満足げに頷いた大林が、無言のまま彼女たちから離れた。私の横に戻って「オレ、ああいうのほっとけないんだ」とため息まじりに言う。

顔から火が出そうだった。慌てて顔を伏せた。振り返ると、彼女たちの片方がちらりとこっちを見て眉をひそめている。後は見なくてもわかる。不愉快そうに顔を見合わせた彼女たちが「注意されるほど、入ってる？」とか、「何、あの男」と囁く声までがリアルに想像できる。

車内の視線は、明らかに私たちに集中していた。大林はそれを意に介すどころか、むしろ誇らしげで、白々しく「そういえば、どこに行きたい？」と、私に向けて、話題を転じた。

肩を小さくして俯《うつむ》きながら、私は本当にどうして来てしまったのだろうと、何度目になるかわからない激しい後悔に身を焼かれていた。まだ行きの電車の中なのに、帰りたくてたまらない。早く、目的地について欲しかった。

次の駅で、人がまた降りる。

「座ろう」と促されて、前の座席に座ると、さっきまで背中合わせだった女の子たちも、向かいの席に座った。あまりの気まずさにまた下を向きかけると、彼女たちの元に二人組の男の子が寄っていく。それを見て、「あっ」とさらにいたたまれない気持ちになる。混み合っていた車内で、連れと分かれて立っていたらしい。

彼氏たちに向け、彼女たちの声が小さく、何か言っている。彼らがこっちを見るのがわかった。背が高く、姿勢がまっすぐで、皺も髭も見えない男の子の、若くきれいな顔がこっちを見ている。

横の大林が、何を思ったかわからない。私はそれきり前が向けなかった。

案内された中華街の店で昼食を一緒に食べた後、「急用ができた」と、不自然に思われることを覚悟で、一人、駅に戻った。追いかけてこようとする大林をどうあしらったか、覚えていない。

家に帰る電車の中で、これまで、彼のことで朋絵に相談などしなくて本当によかったと、情けなく安堵した。

翌日、案の定、大林からメールがあった。

『おばあちゃんの具合は大丈夫？　急に入院したなんて、ものすごく心配だね。昨日は残念だったけど、まだまだ案内したい場所がたくさんあるんだ。すごく楽しかったし、あそこの肉まんと餃子の他、エビチリも――』

途中で読むのを止め、真剣に振り切ることを考えた。

返信はしなかったし、携帯の番号とアドレスも変えた。完全に目が覚めたのだ。大林とは、それっきりだった。

5

火事の余韻に怯《おび》える母には、また、今日の帰りに寄る旨を伝え、午後は事務所に戻ることにした。

再びジャージを羽織り、現場の林の中に入ると、大林の姿は消えていた。代わりに、彼から何かを言いつかったらしいさっきの後輩二人が、焼け跡にしゃがみ込んで作業を続けている。

うちの課長は、まだ戻っていなかった。乗ってきた事務所の車で昼食に行ったのだろう。

　立ったままぼんやりと、かつてはよく遊んだ神社を眺めていると、消防団の法被を着た片方が「なあ、バックドラフトってまだ引退しねえの」と仲間に囁くのが聞こえた。そっと、彼らの顔を窺う。合コンの席では見なかった顔だ。軍手をはめた手を真っ黒にして何かを探しながら、話しかけられたもう片方が「しないだろ。命かけてるもん」と揶揄《やゆ》するように笑った。

「張りきりすぎなんだよな。バックドラフト、独身貴族だし、ここしか楽しい場所がないんだろうけど、付き合わされる身にもなって欲しい」

「だいたい、今日だって仕事どうしたんだよ。オレたちみたいに自営だったら問題ないけど、バックドラフトは」

「休んだって話だよ。日があるうちはこっちやって、夜、残業扱いになる時間から出てくつもりらしい」

「マジかよ!? その残業代ってオレらの税金なんじゃねえの。役所ってそんなことでいいの」

「むしろ名誉って感じだったよ。朝から晩まで働きどおしだって、お疲れ自慢してた」

「さすが。バックドラフト」

　あの映画のタイトルがあだ名なのだと、すぐにわかった。

彼らとともに笑うことだってできるはずなのに、息が詰まってうまく呼吸できない。

彼らから離れ、昨日の火事で水を汲み出したという神社のお堀の前に立つ。覗き込むのは久しぶりだが、水かさが確かにだいぶ減って見えた。

うちの父も、消防団に属していた。まだ、ここに詰め所ができる前のことだ。毎年、年末にこのお堀の水を抜き、清掃活動に勤《いそ》しむ父たち消防団の様子を、私はずっと見ていた。冷たい水に手を真っ赤にし、白い息を吐く姿が痛々しく、大変そうだった。もともと人付き合いの得意でなかった父は、引退が許される三十五歳を過ぎた頃、消防団をすぐに抜けた。

「ああ、お疲れさまです。バックドラフトさん！」

振り返ると、さっきの後輩たちが戻ってきた大林に手を振っていた。目を瞬く私の前で、大林が揚々と手を振り返し「おう。お疲れさん！」と声をあげる。

陰のあだ名ではなく、面と向かってそう呼ばれているのだ。そしてそれを歓迎さえしているのだと思ったら、さっきとは別の息苦しさに襲われた。そのまま、大林の視線がこっちを向く。目が合ってしまった。

私は小さく、頭を下げた。

午前中から気づいていたくせに、大林が驚いたように「ああ」と頷き、こっちに歩いてくる。あまりに予想を裏切らない態度に、心の底からがっかりした。彼は多分、私に話しかけられるのを待っていたのだ。

「どうしたの、笙子ちゃん。こんなところで。久しぶりだね、元気だった？」

「公有建物災害の調査で――」

答えながら、こんなやり取りに何も意味がないことに、私は気づいていた。

最初に知り合った合コンの席で、私は自分の仕事内容について説明していた。火事の際には現場に出向き、調査に入るということ、前回の火事できつく臭いが染みついた制服をクリーニングに出したことを話すと、火事場の臭いは独特だよね、と大林も大きく頷いていた。忘れるはずがない。

ふっと、その時、ある考えが頭をよぎった。

火をつけたのは、大林なのではないだろうか。

消防団の、詰め所の火事。よりにもよって、私の実家の真向かいで起こった公有建物の災害。

有名な、八百屋お七を思い出す。寺小姓に恋したお七が、火事になれば寺に逃げ込み、彼に会うことができると放火した話。これは、その白けた現代男版なのではないだろうか。

だからこそ、狙われたのは公有の詰め所だったのではないだろうか。メアドも携帯番号も変えてしまった私と、自然な形で再会するため、私をここに来させるために。

背筋がぞくりと騒ぎ、肌が粟立《あわだ》つ。

火事という非常事態を楽しむように顔を輝かせた大林が、法被の襟元をぴんと正す。

その下に着ているであろうダサい私服は、今日は確認できなかった。

「また会うなんて思わなかったな」

わざとらしくかけられた声が、そばにいる後輩に聞かせるためのもののように感じた。言い方に、微かな男女の決まり悪さを滲《にじ》ませる。実際には、関係など何もなかったのに。興味深げに背後の後輩団員たちがこっちを窺う視線に、耐えられなかった。

課長の車が、神社の林に戻ってくる。まだ話を続けたそうにしている大林に「失礼します」と断って、足早に車まで歩いた。背を向けても、彼の目が、私の背中と足を追っているのがわかる。ストッキングの足が、煤になでられたようにちりちりと嫌な力を孕《はら》んで緊張していた。

6

大林が警察に逮捕されたのは、詰め所の火事の一ヵ月後だった。公民館の納屋に放火したのだ。

現役の消防団員——それも公務員の呆れた不祥事のニュースは近所中を駆け巡り、報道より早く、私のところにも母から電話がかかってきた。

「あんた、大変だよ。まったくもう、信じられないね、あの息子がそんな。しょうちゃん、大丈夫？　変なことされてない？」

「大丈夫」

呆然としたまま、母の気遣う声を聞く。疑惑はあった。大林の名前こそ出さなかったが、実家の両親には、十分に火の元や戸締まりに注意するように言ったし、私も心配して実家に戻ることが増えていた。一人暮らしを心細く思うようにもなっていた。

だけど、まさか──。

うちの事務所でも、もちろん大騒ぎになった。朋絵はもちろん、課長も現場で一度大林の顔を見ているし、何より、火をつけた場所はまたしても公有建物である公民館だ。

「なんでまたよりにもよって」

絶句する同僚たちの前で、私は自分だけがその理由を知っているのだと、震えながら確信した。

報道によると、深夜、公民館の納屋にガソリンをかけ、火を放っているところをたまたま物音に気づいた近所の人に発見され、取り押さえられたらしい。今回の火事は、小火で消し止められた。大林は先月の詰め所の放火についても容疑を認めている。

放火の動機については、まだ何も口にしていない。彼がいつ私のことを持ち出すのか、気がもどかしい思いで、私はニュースを聞いた。もし彼が語れば、新聞やテレビは、全国規模でこの男版八百屋お七を興味本位に書きたてるだろう。愛しい女恋しさに行なった、とんでもなく割りに合わない犯罪について、報じるだろう。

想像しただけで、胸が掻《か》きむしられる。私の元にも当然、取材が来るはずだ。いい年をした男を狂わせたのは、いったいどんな女なのか、と——。朋絵はきっと、驚くだろう。自分も一緒に行った合コンで、先輩が一方的におかしな男に熱を上げられていたのだ。

そこまで考えて、はっとした。


——驚きながらも、真実を知れば、朋絵は多分、私を見直す。


お昼休み、向かい合わせに弁当を食べながら、つい、顔を上げて声に出していた。

「ともちゃん、あのニュース、どう思う？」

尋ねる時、胸が緊張に高鳴っていた。朋絵が「驚きましたよー！」と大きな目をこっちに向けた。

「大林って、あの時、先輩風吹かせて語ってたあの男ですよね？　笙子さんの横に座ってた」

「実はね。あの後も何回か、私、しつこくされてて……。ともちゃんにだから、話すんだけど」

「嘘!?　笙子さん、連絡先教えたの？」

「ううん、職場のパソコンだけでごまかした。携帯は教えてない。共済担当の人通じて、連絡してきたりとか」

私のことを気に入った、と役場の共済担当を通じて、大林が私への伝言を頼む。想像したら、いかにもありそうなことだった。携帯でメールのやり取りをしたこと、横浜に行ったことを知られたくない一方で、しかし、大林のことは、もう胸の中だけにとどめておけなかった。

「ずっと返事をしてなかったら、この間、詰め所の火事のときに現場で会って。久しぶりですねって声をかけられた」

「ちょっと、やだ。何、それ」

朋絵が目を見開く。私は続けた。

「あの人、仕事を休んでまで現場を片付けてた」

「詰め所って、笙子さんの実家の向かいなんでしょ？　……怖い。それじゃ、ストーカーみたい。ねえ、ひょっとして、あの男が火をつけた理由って」

朋絵がはっとしたように居住まいを正す。私は慌てて首を振った。

「わからない。何もわからないから、滅多なこと言わないで、ともちゃん」

「でもさ、あいつ、笙子さんの仕事知ってるし、二回目に火をつけたのも公有建物でしょ？　笙子さんに会いたくてやったんだよ。うっわあ、キモイ。笙子さん、なんでもっと早く教えてくれなかったの。

「だって怖いから……」

警察に言った方がいいよ、という朋絵に、考えさせて、と首を振る。放っておいても、大林が自供するのは時間の問題だろう。

母のことを考えた。

口止めはしなかったから、今頃、近所の人たちに私のことを話しているかもしれない。あの事件の犯人は、うちの娘のために火をつけたのだ、と。それを聞く近所の人の表情までもが、ありありと思い浮かぶ。

だけど、その時だった。

「うっわあ、私だったら絶対嫌。恥だもん」

「え？」

「笙子さんが言えなかった気持ち、わかるよ。あんな男となにかあったなんて知られたら、生きてけないもんね。げえって感じ」

「なにかあったって――、何もなかったって言ったでしょ？」

きちんと話したはずなのに、大雑把《おおざっぱ》にしか話を聞かない朋絵に苛立つ。しかし、朋絵は「そうだっけ？」と首を傾げ「でも知られたくないよねえ、絶対」とさらに言った。

「あの飲み会の後で聞いた話だと、大林って本当に勘違い男で、変なアダ名つけられてるのに喜んでたり、たいしたことない自分の自慢話も相当なんだって。後輩がみんな立ててあげてるのに気づかないの。私の友達も、迷惑してた」

「友達？」

友達って、誰だ。朋絵が「あ」と気づいたように声を上げ、「あの時いた役場の」と答えた。

「誰？　どの人？」

「わかるかなぁ。作業着のまま来てた人で、ちょっと髪が長めの。連絡先交換して、あれから何回か飲んでるんだけど、意外にいいヤツなんですよ。この間、お互いの友達連れて、南方渓谷《みなかた》まで釣りに行ったりして。これまでバス釣りしかしたことないって言ったらバカにされたから、じゃ、連れてってよってことになって」

「そんなことになってたの」

「え？」

「興味ないかと思ってた。ともちゃん、くだらない飲み会だったって言ってたから」

胸の底が、ざわざわと騒ぐ。朋絵があの場で番号交換をしていたなんて、まるで気づかなかった。十把一絡げのように見えたあの場の男たちの中に、朋絵は次に繋《つな》げたいと思うような当たりの男を見つけたのか。作業着姿だというだけで、満足に顔を確認しなかったことが悔やまれる。手の中に汗をかいていく。

「釣り、行くなら教えてくれればよかったのに」

「だって、笙子さん年下嫌いでしょ？」

口元が引き攣《つ》って、それ以上、何も言えなくなる。と同時に、さっきまでの興奮が潮が引くようにさっと醒めていく。

何もない。大林となんか何もなかったのに、世間の大雑把な人たちは、朋絵のようにざっとしか話を処理しようとしないのだ。だとしたら、私は向こうから一方的に好かれただけなのに、何かあったと思われるのか。

大林の毛深い指を思い出したら、背中にぞっと鳥肌が立った。

どうして話してしまったんだろう。猛烈な後悔に襲われる。今すぐにでも実家に電話して、母に大林とのことを口止めしたくなる。朋絵だって誰に言いふらすかわからない。

この間母が持ってきた公認会計士との見合い話は、写真で見た相手が小太りで、しかも、とても自分と同じ年には思えないほど老けて見えたため、会わずに断ってしまったが、この先、同じような話はきっとある。その時に、大林とのことを勘繰《かんぐ》られるとしたら冗談じゃない。それどころか、見合いの話自体、来なくなるかもしれないのだ。

頰が熱くなる。

私は何もしていないのに。いてもたってもいられなかった。

帰り道、大林の事件記事が載った新聞を、コンビニで買い漁《あさ》った。どれもまだ、動機については書かれていない。今朝のニュースと同じだ。いつ、語り出すのだろう。あの男と関係がないはずの私が、それでも注目を浴びる羽目になってしまうのはいつなのだ。

頭がおかしくなりそうだ。

動機の掲載がまったくない新聞を一つ一つ読みながら、いっそのこと、もう、早く話してしまって欲しいとすら思う。

大林の、こっちを振り向かない法被の背中を思い出す。

勝手に私を好きになったくせに、どれだけ図々しいのだろう。何故、こんなに私を振り回すのだろう。公有建物ばかり狙って、二軒も、火までつけるなんて。


大林の放火の動機は、翌日の朝刊に掲載された。


『ヒーローになりたかった』

石蕗南地区消防団の団員が消防団施設および石蕗町公民館への非現住建造物等放火容疑で逮捕された事件で、同町役場水道課職員大林勇気容疑者（38）は県警の調べに対し「ヒーローになりたかった」と供述していることが、十五日、捜査関係者への取材でわかった。

大林容疑者は「火事が起きれば出動でき、地域の役に立って感謝される。けが人を出すつもりはなく、人のいない建物を選んだ」とも供述。


記事には、私のことも、身勝手な恋のことも、一言も出ていない。

何度も、何度も、くり返し読むが、出ていなかった。どこにも私の存在を感じさせるものがない。呆気に取られ、それから、猛烈な怒りがわいてきた。

新聞を丸め、思い切り手近の壁を殴りつける。ふざけるな、と声が出た。

今更何もないなんて。

壁を殴った手に、少し遅れて痺《しび》れが伝わる。悔しくて、涙が出た。私のためにやったんじゃないのか。しわくちゃになった手の中の新聞を放す。ひょっとしたら、今回大林が語ったヒーローになりたいという動機は建前で、今後、私のことを話す時は、まだ来るのかもしれない。あの勘違いした男は、私を庇《かば》ったくらいの気持ちでいるのかもしれない。けれど、そうやって後日話す動機には、もう最初のインパクトはない。そのインパクトが失われたまま、私だけが傷つけられる結果に終わるのだ。すっきりと終わらせてしまいたかったのに、私は、今後もあの男に話されたらどうしようという不安だけが依然として残されたまま、放り出されるのか。

今日、職場に行ったら、朋絵に「大林の動機、笙子さんに会いたいからじゃなかったね」と言われるかもしれない。あの無神経な子は、私に直接、そこまで言ってくるかもしれない。そうなったら、私は「そうみたいね。私も驚いた」とあっさりした、大人な態度を貫けばいい。そしてもう二度と、あいつの話をするのはやめよう。

どうしてだろう、と歯を食いしばる。

どうしてだろう。私には、どうしてこんなものしか、こんな男しか寄ってこないのだろう。朋絵に、釣りに行ってもいいと思わせるぐらいだったレベルの男が、確かにあの

場にいたはずなのに、何故、私はそういう相手と巡り会えなかったのだろう。これから
どうすれば出会えるのか、想像もつかなくて途方に暮れる。
ああ、恥だ。ついていない。ため息が出た。

美弥谷団地の逃亡者

うそはいわない　こころにきめて　うそをいう

相田みつを

1

「美衣《みえ》。起きろよ、朝だぞ」

頭上からする陽次《ようじ》の声に答えようとしたが、強烈な眠気に苛《さいな》まれて身体に力が入らない。

「うん」喉の奥から声が出た。カーテンを開ける音がする。寝ている顔の上に、温かい光が差し、閉じた瞼《まぶた》の裏側がオレンジ色に染まる。右手で顔を払いながらうっすらと目を開けると、日光が針のように尖《とが》って沁《し》みた。張りついた目やにを溶かすような涙が出る。

「今、何時？」

「十一時ちょっと過ぎ」

昨日陽次が確認していたチェックアウトの時間は十一時だったはずだ。

私にとって、ホテルというのは陽次と行くようなラブホテルがすべてだ。それも、普段は二時間の休憩タイムで済ませ、泊まったことがない。外泊は母に禁じられていた。

「時間、過ぎてるじゃあん」

追加料金がかかる。払うのは陽次だが、支払う必要のないものを払うのは損だ。腕を振り上げ、ベッドの上に寝転んだまま伸びをして言うと、お風呂場の洗面所で顔を洗っていた陽次が「うるせえよ」と答えた。

今夜もここに泊まるのだろうか。

昨日、海に行きたいか、と聞かれて、行きたいと答えた。どこの海がいいか聞かれて、湘南と答えた。海、と聞いて、連想する地名が咄嗟《とっさ》にそれぐらいしか思い浮かばなかったからだ。だけど、陽次はバカにしたように笑い、聞いたのは自分のくせに無視した。前のバイト先でやたらと先輩風を吹かせてきた男が、カラオケに行くとサザンばっかり入れて、それが微妙に物真似入ってて、聞いててマジ苛《いら》ついたんだよな、と説明する。湘南は、そいつの歌を連想するから嫌だって。

駅のキオスクで買った「千葉・房総」エリアのるるぶが、ピンク色のソファの上に開きっぱなしになっている。

「今日は海、入ろうぜ。せっかく来たんだし」

「水着ないよ」

「買ってやる。どっか、その辺の店で売ってるだろ」

「いいの？」

「ああ」

水道の蛇口が小まめに開けられ、すぐにしめられる音がする。身体を起こし、覗き込むと陽次は髭《ひげ》を剃っていた。

皺《しわ》が寄ったシーツの上で、自分の服装を見下ろす。オレンジ色のキャミソールに、白のショートパンツ、ベッドの下に脱いだサンダルは、右のかかとが磨《す》り減って、歩く時不便だ。何の準備もないまま連れ出されたというのに、陽次は旅支度を整えていたのだろうか。髭剃りをどうしたのだろう。私は、おとといから下着だって替えていない。

しばらく、陽次が立てる水音を聞いていた。下腹部を誰かに押されたような圧迫感を覚える。急に居心地が悪くなって、いろんなことを考えてしまいそうになる。陽次がいなくなり、ぽっかりと時間が空いてしまうと、何もせずぼんやりしているしかない。だから何にも考えないようにする。

携帯をいじりたかったけど、家に置いてきてしまった。

二十歳を過ぎた頃から、高校までの友達の大半とは疎遠になっていた。すぐにメールを打ちたい相手に心当たりはなかったが、小百合《さゆり》からジャニーズのCDを借りたままになっている。すぐに返さなければ恨まれるだろう。コンサート前には曲を全部聞き直さないと気が済まないと言っていた。

「風呂、使っていいよ」

バスタオルで顔を拭きながら、陽次が出てくる。上半身裸で、前髪の半分が水に濡れている。痩《や》せているが、筋肉がないせいで、白い胸板がだらしない。

初めて「男」の裸を見た記憶は、中学の男子たちだ。小学校の頃よりはいくらか成長した、子供と青年の中間のような裸を体育の着替えで見て「へえ」と思った。身近な裸の記憶は、母の実家で見る祖父だろうか。父親は、保育園の頃に母と離婚していて、記憶にない。祖父であれば、ステテコ姿のまま、薄桃色の肌着を脱ぎ捨てるところを昔から見ていた。陽次の裸は、クラスの男子より、むしろ今年六十八になる祖父のものに近い。

こんなに遠くまで来たのに、夏の暑さは同じだ。

るるぶに載った写真で見る海は、大昔に母と行った鈴鹿《すずか》の海や、去年陽次と行った熊野とそう変わらないように見えた。だけど、駅から一歩外に出た途端、街の匂いや人の種類が、明らかにそれまで知る海と違っていた。ウーハーが重低音を鳴らす、ガラスにスモークを張った車が、サーフィンボードを上に載せて何台も横を通っていく。ここは地元の家族連れが泳ぎに来るような海じゃなくて、若者が遊ぶための海の街なのだ。潮の匂いも心なしか乾いて軽い。明るく思える。

くしゅん、とくしゃみが出た。

ホテルの小さな部屋にクーラーが入っている。陽次はいつもそうだ。寒いと言っているのに、カラオケでもホテルでも「俺は暑いよ」とガンガンに冷房を利かせて、頼んでも温度調整すらしてくれない。

陽次と入れ違いに風呂場に入る時、じゃれつくように急に頭を抱き寄せられ、「愛してる」と言われた。「うん」と頷《うなず》く。

旅行するような金はこれまで二人ともなかったし、陽次とリゾート地に来るような日はこないと思っていた。この人とではそれができない。だからこそ別れようと思ったし、そうするんだと思った。また戻ることになるとは、正直、思わなかった。

陽次が笑う。嬉しそうに。

洗面所に、安っぽいT字の剃刀《かみそり》があった。私が普段ワキ剃りに使ってる百円ショップのものより小さくて、素材のプラスチックも軽くて安っぽい。そばにホテルの名前が入った破れた白いビニール袋が落ちていた。


ホテルを出て入ったマクドナルドで、るるぶを開く。ビーチガイド、と見出しがついたページを見つける。

「なんだよ、ビーチってこっから結構あるのかよ。車ないと行けねえし」

陽次が不満そうに口を尖らせた。

房総や、九十九里浜、という地名は知っていたけど、それが千葉県だということは昨日初めて知った。関東の地理はよくわからない。「ねえ、湘南は何県？」と聞いてみる。陽次が「あ？」と不機嫌そうに顔を上げ、「お前、そんなことも知らないの」とバカにしてくる。だけどそれきり言葉を続けずにるるぶを開いたままなのを見て、この人もまた知らないのだとわかってしまう。質問を変える。

「ね、サザンは湘南出身なの？」

「桑田佳祐は、茅ヶ崎だろ」

陽次が、注文したコーラをストローでずーっと長く吸い上げ、前留めの薄いシャツの胸元に扇《あお》ぐように手をやる。何かの食べかすのような染みがついていた。その手がテリヤキバーガーを食べ始める。

私は、食べていたバーガーをトレイに戻した。ナプキンで手を拭き、るるぶを手に取る。

来る途中の電車の中で、この海はいろんな歌手がプロモの撮影で使ってるとこだって、陽次が話していた。東京から近い海だから便利なんだよな、と得意そうに。

「ここ、行きたい」

海を見ながら食事ができるというカフェを指差す。涼しげな店内で、経営者だという女の人が微笑んでいる。オーガニック野菜のカレーや地元でとれたしらす丼の写真が並んでいて、食器がおしゃれだった。店オリジナルのエコバッグが人気だと紹介が出ている。

陽次が「どこ？」と身を乗り出す。私が指差した写真を見て「いいんじゃない」と呟《つぶや》いた。るるぶを引き寄せ、しばらく眺めて「だけど遠いな。別にいいけど」と呟く。

「ごめん」

　謝る。

「いいって」

　それから嬉しそうに「美衣のわがままはいつものことですからね」と、妙に大人ぶった口調で肩を竦《すく》めて見せた。自分のテリヤキは放置したままなのに、私の食べてたバーガーを取って食べ始める。頼んだもののシェアは、二人の間では当然のことだった。陽次は注文がかぶるのを嫌う。自分が頼もうと思っていたものを誰かが先に頼んだ途端、露骨なまでに不機嫌になったり、大袈裟《おおげさ》に「あ」と声を出すような子供っぽいところがあった。

「俺のテリヤキも食べなよ」

「いいや。テリヤキ、ソースたれるし、マヨネーズこってりだし」

「ふうん」

　窓の外に目をやる。散々行き馴れているマクドナルドだが、店の入り口に、見たことのない赤い花が咲いていた。まるで南の島に来ているみたいだ。

「あのさ」と陽次が言った。

「何？」

「お前、別に太ってないよ。気にすんなよ。誰が何か言ったって、俺が好みだ、かわいいって言えば、そうなの。それが全部でいいだろ」

目を見ず、そそくさとした言い方に、一瞬何のことだかわからなかった。さっきのテリヤキのことを気にして言ったのだと少し遅れて気づく。陽次はまだこっちを見ない。

「大丈夫」と私は答えた。

しばらく走ると、タクシーは海の近くに出た。人通りが多くなり、車の速度がゆっくりになる。

私たちは無言でいた。流れていく景色と並行して、左側に真っ青な海面がきらきらと日光を弾いている。車とすれ違う女の子たちも、上半身裸になったサーファーたちが、ボード片手に何人も歩いている。車とすれ違う女の子たちも、上半分が水着だったり、露出度が高い。小麦色の細い首筋や肩、色が抜けた長い髪を見ていると、満足に着替えすらしていない自分の恰好が急に気になって、膝頭《ひざがしら》にきゅっと力が入った。

窓の外に、彼女たちの笑い声が楽しげに通り過ぎていく。急に思い出すことがあって、景色から目を逸らし、「ねえ」と陽次に呼びかけた。付き合った二年で、お母さんのこと、友達との悩みのこと、陽次には随分話したが、この話は多分初めてだ。

「キョンシーって、覚えてる？」

「キョンシー？　ああ。懐かしい」

こういうのだろ、と、陽次が真顔のまま、両手を揃えて前に上げ、座ったまま腰を浮かせた。軽く跳ねる真似をする。そうそう、と私は頷いた。丸い帽子に、額に札を貼った中国のゾンビ。

「小学校の頃、クラスでキョンシーごっこが流行《はや》ってさ。みんなで休み時間や放課後に遊んだんだけど、あの遊びって人間役とキョンシー役がいるから、人間になるのって、クラスの中でも一部なの。みんな、キョンシーやるのが嫌で、リーダーのテンテンの子に『私、人間でもいい？』って聞くんだ」

「テンテン？」

「主人公の名前だよ」

自分たちと同じくらいの年の女の子だった。大人の恋愛ドラマと違って、そういう近さが新鮮だった。「覚えてないの？」と陽次を軽く睨《にら》んでから「ま、いいや」と続ける。

「──私、テンテンだったんだけど」

嘘だった。

けれど、話の中でなら、どんなふうにでも語れる。私はキョンシーじゃなくて人間で、しかもリーダーだった。陽次の前ではそういうことにしておきたかった。

「ああ」

「そうやって聞きに来る子を片っ端から人間とキョンシーに分けてったんだ。今考えると結構ひどいよね。人間になる子はいつも決まってて、クラスでも地味で、さえない子たちがキョンシーになるの。その子たちは惨《みじ》めでさ、人間の子に容赦なく棒とかで叩かれるんだよ」

何故、私たちは、それでも仲間に入りたがったのだろう。テンテン役の栄美《えみ》のご機嫌を取るため、彼女の持ち物や髪型を褒《ほ》め、何度か人間にしてもらえたこともあったけど、次の日にはまたキョンシーに戻る日々を送った。

陽次は「ああ」とさっきから同じような相槌《あいづち》を打つだけだ。

「それが酷いことだってわかってなかったのがサイアクなんだけど、小学校卒業する時、サイン帳の交換をみんなでして、私、クラスの栄美ちゃんって子に『キョンシーだったけど、楽しかったよ！』って書かれたんだ。もう、ショックで。その子は平気そうに渡してきたんだけど、私、テンテンで、キョンシー役の子が何思ってるかなんて考えたこともなかったから、帰って、お母さんの前で、なんてひどいことしちゃったんだろって、ぎゃあって泣いた」

「ああ」

「書いてきた子に謝りたかったけど、それも気まずくてできなかったし、どうしようって、すごく泣いたんだ。――だけどさ、お母さんは、栄美ちゃんと美衣は、『えみ』と『みえ』って名前は似てるのに、そんなに違っちゃうなんて不思議だねえって言うだけだった」

お母さんに言われた、そこだけは本当のことだった。仕返しのつもりで必死に書いたサイン帳のあの文章に、テンテンである栄美は何の反応も返してこなくて、私は悔しくて泣いた。

「ふうん」

陽次が興味なさげに頷く。助手席に手をかけて前に身体を出し「運転手さん、ビーチってこの辺じゃないの。まだ？」と尋ねた。声が微かに苛立って聞こえた。

暑いのかもしれない。神経質そうに前髪をかきあげている。さっきマックを出て、タクシーを拾うため、駅まで短い距離を歩いただけなのに、額にうっすら汗をかいていた。

今ぐらいでちょうどいいのに。クーラーを強くして欲しいと言い出さなければいいと、願いながら俯《うつむ》く。

みんな、海には自分の車で来ているのだろう。海岸沿いをのろのろと走る私たちのタクシーは間が抜けていて、この道では目立った。

2

陽次とは、携帯のご近所サイトで出会った。いわゆる出会い系の一種だったが、住む地域を極端に限定して分けてるせいで、近所の人とすぐに確実に会えた。あまりに遠い場所の人としか繋《つな》がれず、しかも相手が好みでない場合、会った瞬間にこれまでのメールのやり取りや電話が空しくなる。何度か経験があって懲《こ》りたから、近所で直接会って、気に入らなければすぐに次にいける方が、彼氏を真剣に探すなら効率がいいことに気がついた。それからは、ご近所サイトしか使ってない。

高校の頃、町で偶然会った小百合に「変わったね」って言われた。私は小、中と一緒だった敦子《あつこ》と歩いていて、日サロで肌を焼き、化粧もしていた。バイトを募集してた、国道沿いのチェーンのとんかつ屋の面接からの帰りだった。

小百合は昔から勉強ができたから、中学は受験して私立に行った。「小百合ちゃんはできて偉い」と母が言っていた。「美衣、これからもああいう子とずっと仲良くしなさいね。今みたいな友達じゃなく」

私たち三人はもともと仲がよく、小学校の修学旅行でも同じ班で、一枚の写真に違和感なく写っていた。けれど、高校の頃再会して、その足で盛り上がって撮ったプリクラに写る私たちは、もう、住んでる世界がまるで違った。地味で、放課後なのにスカートの裾を膝丈のまま上げもしない眼鏡の小百合は、真面目そうでイケてなかった。

「小学校の頃、キョンシーごっこしたよね」

思い出を語ろうと切り出したのに、敦子と小百合はそうだっけ、としらばっくれていた。無理もない。毎度キョンシー役をやらされていた女子の中で、人間役をやったことがあるのは私だけだ。二人とも、よく覚えてない、と言い張ってたけど、きっと嘘だ。認めたくないんだ。会話は弾まなかった。

とんかつ屋の面接に、私は落ちた。一緒に受けた敦子は受かった。敦子は昔から太っていて、私と身長は同じでも、体重と服のサイズが全然違う。私がSで、敦子はLかLLだ。メイクだって私の方がうまい。私が受かって、敦子が落ちるならわかるのに。厨房も店の中も、あの子が通れるほど幅が十分にあるのだろうか、と家で夕食のときに毒づいていると、母から「化粧が濃いからだ」と理不尽に怒られた。「年相応に清潔感がないからだ」と。

敦子が処女を失くした日、嬉しそうにうちに報告にきた。「今、バイト先の先輩のうちの帰り」と。まだ生乾きの髪と、そこから漂うリンスらしき匂いが顔を背けたいほど忌々《いまいま》しく思えた。バイト仲間の先輩に恋した話は、それまでも散々聞いていた。告白し、向こうに付き合う気持ちはないけど、セックスだけならしてもいいという返事をもらったことも聞いていた。

どんなふうな手順で、今日、そういうことになったたか。彼が何をいい、どこをさわり、自分が彼に何をされたか。初めての体験を誇らしげに語る敦子を見て、かっとなった。何度か見せられたプリクラや、実際に店で見た彼の姿はお世辞にもかっこいいとは言えなかった。遊び人然とした、女に馴れた雰囲気はあるけどそれだけだ。ちっとも羨《うらや》ましくなかった。けれど、言われたのだ。「美衣も早くやりなよ」と。

出会い系の相手と会ったことはそれまでも何度かあった。全部、年上の男で、カラオケに行ったり、お茶したり、相手の奢《おご》りで遊ぶ。たまに敦子たち友達も呼んだが、男と二人で会ってるところをクラスメートたちに目撃され、「美衣には年上の彼氏がいるらしい」「モテる」「男がいる」と噂されるのは気分がよかった。

ホテルに行ったことは一度もなかったが、敦子の自慢話にあてられ、その日のうちにサイトで知り合った男とホテルに行った。話で聞いていたとおり、初めてのセックスは痛く、苦労したけど、相手の男も力任せではあるものの、辛抱強く最後までやってくれた。これで敦子に話し返せると思ったら、胸のもやもやがすっと晴れた。

その後、小百合を呼び出して、処女を失ったことを、敦子の自慢話に腹が立った部分まで含めて話すと、彼女は目を丸くして驚いていた。気後《きおく》れしたように「そう、なんだ」と答えた。

陽次と知り合ったのは、それから三年後。高校を卒業し、バイトをしたりしなかったりでいたところに、ご近所サイトで知り合った。

『仕事が長続きしない自分を、ダメ人間かも……、と反省する毎日です』

とプロフィールに添えた一文に『俺もそうだよ』と返してきたのだ。

俺もそうってことは、無職なのかも、それってどうなの？　と首を傾《かし》げつつ、とりあえずメールのやり取りだけでも、と連絡を取り始めた。相手のプロフィール欄には、二十六歳とある。

『私、ホント、ダメかも。前にメールしたとおり、お母さんともうまくいかない。感謝してるけど、ケンカばっかりでどうしてわかってくれないのって、傷つけるようなこともたくさん言っちゃう……』

『俺の好きな詩人の言葉でこんなのがあります。

しあわせはいつもじぶんのこころがきめる

この言葉を知ったとき、涙が止まりませんでした。俺、ずっと無理してたんだって気づいたからです。ミエもそうなってくれるといいな』

メールをもらった時、胸を撃ち抜かれた。携帯のボタンの上に乗せた指がしばらく止まってしまい、すぐに返信ができないくらいだった。

幸せは、いつも自分の心が決める。

私は自分を不幸かもしれないと思っていたけど、その基準は誰によって決められたものなのだろう。そうか、自分が決めるというのもありなんだ。私が今が幸せって決めたら、それには誰も口を挟ませない。もっと素直になっていいのかもしれない。

震える指で、時間をかけて、丁寧に返信した。

『ありがとう。超感動しました。これまでメールしたり電話した人の中で、詩人の言葉なんてプレゼントしてくれた人は初めて！　なんて人の言葉？　他のも知りたい』

『本、貸してあげるよ。じゃ、今日はこれを送ります。
　そのときの出逢いが人生を根底から変えることがある
　よき出逢いを
　俺とのことがそうじゃなくてもいいから、ミエの人生がどうかよき出逢いにあふれていますように』

相田みつをを、陽次から教えてもらった。

その日のうちにホテルに行き、そこで貸してもらった詩集は、カバーがよれよれになっていた。相当読み込んでるようだった。

あゆも尊敬してる人なんだ、と聞いてなるほど、と思う。陽次が知ったきっかけもそれらしい。

すごくいい詩がいくつもあって、読みながら、私も泣いてしまう。

近所のデパートの特設スペースで、相田みつを展があると聞いて、一緒に出かけた。味のある力強い、手で書いたことがしっかり伝わる字がぐっときた。自分のことをダメかもな、と思っていた気持ちが、文字と詩を見ることで、無理なく穏やかに変化していく。

相田さんの詩を、携帯で待ち受けに落とせるサイトがあるよって教えてもらって、お気に入りをいくつかダウンロードした。

特設展で買った日めくりカレンダーを家に持ち帰り、母に渡す。「お世話になってる分、いつか、必ず、私が楽させてあげる」と話すと、わあっと泣き出した。カレンダーに書かれた三百六十五日分の詩を順番に一つ一つめくり、母が読む。言葉を通じて私の気持ちが伝わっていくようで嬉しかった。

「美衣も、こういうものの良さがわかるようになったのね」と声を詰まらせながら、以来、居間のそのカレンダーを朝一番にめくるのが、母の日課になった。

3

海沿いの店の名前は「ヴィーナス」だった。

ガラス貼りの壁に青のロゴで、大きくカタカナで「ヴィーナス」。英語じゃないところが、いかにも地元の店らしかったが、「ヴィ」って書いてあるのを見て意外に思う。ウに点々の「ヴ」。レジに座っているのはおばちゃんだけど、「ビ」って書かないのが偉い。うちの母は、「ヴ」が理解できなかった。私が部屋に貼った自分の絵やメールに書いてる「ラヴ」を見て、「何でこんなおかしな書き方するの？」って聞いてきたことがある。

下着が欲しい、と言うと、何でホテルか駅の近くで言わないんだと怒られた。あっちだったらスーパーがあったのに、と。

帽子と長袖のパーカー、Tシャツとスカート、水着を買う。一枚だけでてろんと着れる薄いキャミソールワンピも買った。店内を一通り歩いても下着はなく、「あるかどうか、店員に聞いてみろよ」と陽次に言われたが、恥ずかしいので「いい」と答えた。

帽子を買ったのは、タクシーの窓越しにも日差しが厳しく、このままだと日焼けしてしまうと思ったからだ。日焼け止めクリームも、一番SPFの度数が高いのを選んでカゴに入れる。

つばの広い帽子は、リゾートっぽかった。一度もかぶったことのない、女優のような帽子。鏡の前で試してみるとびっくりするくらい頭の形に馴染んでいた。眉まで隠れて目が見えるか見えないかという角度は、芸能人みたい。私は、知らなかった。自分がこういう帽子をかぶって似合う人だったんだってことを。

二千円のパーカーや、千五百円のワンピや、もろもろ買ったら一つ一つは安くても一万八千九百円かかった。「おばちゃん、カード使える?」と陽次が尋ねる。普段、カードで買い物する人が少ないのかもしれない、おばちゃんは「はいはい」と返事しながら、店の奥に向けて「おおい、米原くぅん」と呼んだ。やがてやってきたアロハシャツの青年が、おばちゃんに代わってレジを打つ。

陽次はカードを財布ではなく、ハーフパンツのポケットから取り出した。サインを求められた時、私に「書いて」と言うので、びっくりして見つめ返す。

差しだされたレシートの上に、ローマ字で持ち主の名前が印字されていた。

『MARIKO　ASANUMA』

いつの間に、持ち出したのだろう。

「書いて」

陽次の冷たい声が続ける。わざとなのか、何も考えていないのか、わからなかった。

レジの前に積まれた、服の山を見る。帽子は値札を切ってもらい、すでに私がかぶっていた。ほとんどが私の買い物。陽次のものは千円のアロハシャツと二千円しない水着ぐらいのものだった。

名前を書き入れる。

浅沼真理子

店を出て、浜辺に向かう途中で、陽次が「あ」と声をあげた。

「やっべ、タオルない、タオル」

振り返り、店に戻っていく。私は追いかけなかった。波の音と、見知らぬ人たちが騒ぐ声を聞いていた。浜辺のスピーカーで、あゆとエグザイルが流れていた。すぐ近くなのに、テレビ越しに観てるみたいに遠く聞こえる。海から道をひとつ挟んだだけなのに、ここは、とても静かだった。

タオルを二枚抱えた陽次が「お待たせ」と言いながら戻ってくる。足を縺《もつ》れさせるように、急いでいる。今度はカードではなく、現金で払ったようだった。バスタオルってけっこう高いのに、と思ったが、何も言わずに一枚受け取る。

4

陽次の束縛が激しくなりだした時、「あ、うちも？」と思った。

携帯のメールチェックも、付き合ってるのに出会い系見てたとか、言われた時間に電話しなかったとかでいちいち殴られることも、困ったことだとは思ったが、はじめのうちはその程度だった。

敦子なんて、その頃、自分のストーカーだった男と結婚までするって言っていた。とんかつ屋の先輩を始め、様々な男に彼女未満の関係を経て捨てられまくった末に、出会い系で知り合った、敦子にとっては待望の彼氏だった。

今考えると、面白がって「ストーカー」という強い言葉を使っていただけなのかもしれない。敦子のその彼氏は、付き合ってすぐから敦子の行動を全部把握してつきまとい、別れ話を切り出しても、しつこくメールしてきたり、家の玄関のドアノブにお土産をかけていったりしていた。私たちはみんな相手のその行動に引いて「ストーカー」と呼んだけど、敦子は「嫌だ」と言いながらも、内心ではそこまでされる事態を喜んでいたのかもしれない。

敦子の彼氏には、一度だけ会った。今にも死にそうな、見てるこっちが不安になるくらい細い、いかにもな青白い顔の男だった。仕事は造園業だと言ってたけど、力仕事はとてもできそうにないから、嘘かもしれない。かけてる眼鏡が汚れていることを小百合が指摘したら「眼鏡は敦子の前以外じゃ取りたくないな」と言って、にやっと笑った。結婚してしまったら、もう、敦子は外に出してもらえなくなるんじゃないか、と、小百合と相談し、敦子に会うたび思い止まらせようとしたけど、「別れようと思ったこともあったけど、一度は好きだった人だし」と敦子は譲らなかった。

「彼以上に私を好きになってくれる人はいないと思うし」

そりゃ、ストーカーなんだからそうでしょうよ、と小百合が皮肉っぽく笑ったけど、敦子は冗談でも言われたように、ふふふ、と幸せそうだった。体重はとんかつ屋のバイトに受かった時からさらに増えて、今では、服のサイズが普通の店にあるかどうかもわからない。

しあわせはいつもじぶんのこころがきめる、を思い出した。

バイトを始めたら、会える時間が減って、陽次から、骨がキンと鳴るほど顎を蹴られた。団地の花壇の前で、陽次はエアーが入ったスニーカーを履いてた。ゴム底もエアーも、蹴られる側には何のクッションにもならない。

歯がぐらぐらになり、血が出て、出かけるたび、自分の血が滲《にじ》んだ地面を見つめて不思議な気持ちになった。ある日、陽次とその場所で待ち合わせをしたら、陽次が地面でシュッシュッと足を放物線を描くように動かしてた。エグザイルのダンスの動きを真似するように。その場所の汚れが私の血だったことは、もう覚えていないふうだった。

「あんた、そのうち殺されるよ」

真剣な顔で、小百合に言われた。別れたいと何度言っても聞いてもらえないし、家も知られているから、と応えることしかできなかった。最近では、家の前まで毎日迎えに来る。一緒に住もうと誘われていた。

陽次は特別な人かもしれない。知り合った頃、ずっとそう感じていたから、別れることには抵抗があった。話も楽しいし、私のことをこんなに好きだし、頼りになるところもたくさんある。毎日同じ時刻に来る陽次は時間に正確な機械のようで、母も少しおかしく思い始めているようだった。心配させるくらいなら、家を出て、陽次と住むのもいいと思う、と伝えたら、小百合が顔をしかめた。小百合は男と付き合ったことがない。ずっと、ジャニーズの子たちばっかり追いかけてて、好きなアイドルの写真を見せながら、「美衣も敦子も、あんなかっこ悪い男たちのどこがいいの」と眉をひそめていた。

「住むのはやめなよ。敦子のとこは暴力なかったけど、美衣の彼は明らかにDVじゃん」

陽次にもいいところはたくさんあるのだと反論したら、「無理、私、無理」とにべもなく首を振られた。あんたなんて陽次の方からノーサンキューって感じでしょうよ、と思ったけど、かわいそうだから黙っていた。前に会わせた時、陽次は小百合を陰で「ホームベースメガネちゃん」というアダ名で呼んでいた。高校でまた会うようになってから、小百合はたまにこうやって一緒にいても、大人ぶった口調で語ることがあって、私はそれを仕方ないなあと思いながらも、いつもさらなる大人な気持ちで聞き流していた。

「反対されたり庇《かば》ったりしてるうちに情が移って意固地になるの、よく聞くパターンだよ。別に世の中、あの人だけが男ってわけじゃないんだからさ」

蹴ったり殴ったりした後の陽次が、車に私を残して、ダッシュでコンビニに氷を買いに行き、泣きながら謝って冷やしてくれた話をしたけど、小百合はそれも「よく聞くパターン」で済ましてしまう。

「やめるなら、今のうちだよ」

本格的に陽次と別れようと思ったのは、暴力のせいでも、母が団地の入り口で「美衣出せ、ババア、ゴラア」と怒鳴られ、半泣きになって帰って来たからでもない。決意できたのは私に新しい彼氏ができそうだったからだ。陽次のときと同じサイトで知り合った、五歳年上の男にポツポツとメールを送るうち、いい感じになってきた。会いたいけど、陽次の監視があるうちは無理だ。小百合の言うとおりだった。男は陽次だけじゃない。別の人と、陽次と付き合った当初の楽しい時間を同じようにやり直す道もあるんだと思ったら胸がときめいた。

母に、別れたいけど別れてくれない陽次と、受けたＤＶの話をしたら、目を見開いて驚いた。「見せて」と身体の痣《あざ》を確認しようとする。きちんと酷さを証明できなければ嫌だな、と痣や傷がくっきり残っていることを祈ったが、青紫の部分はピーク時ほどではなくなっていて、消えた部分も多かった。惜しい気がした。けれどそれでも、母は黄色くなり始めている痣を撫で「警察に行こう」と私の手を引いた。今度は私が驚き「いいよ」と首を振る。どうしてそこで警察が出てくるのだろう。話を大きくしたくなかった。

けれど母は頑《かたく》なに首を振った。

「美衣は優しい子だから、あの男の人が許して欲しいって泣きついてきたら許してあげちゃうでしょう? 戻らない自信、本当にある? だったら、お母さんが美衣を守ってあげる。普通だったらそこまでしないかもしれないってことをして、『あの家のお母さんは怖い』って思わせて、二度と近づけないようにしてやる」

早く、早く。ゼンは急げ。母が急《せ》かす。

ゼンって何だろうと思って、警察署で担当の人が出てくるまでの間に聞いたら、母が自分の持ってた看護師の仕事のシフト表の裏に「善」と書いて教えてくれた。

事情を説明する時、母に服の背中とおなかを、ブラジャーが下半分見えるほど捲《まく》り上げられた。知らないおじさんたちがじろじろ見るのが恥ずかしかったけど、この人たち、私みたいな若い女の子のウエスト見れてラッキーだと思っているんだろうと考えたら、少し気分がよくなった。

「毎日同じ時間に家の下で待ってるんです。出てこないと、団地の入り口で怒鳴って、近所の人たちにもあの家はおかしいって目で見られてしまう。おかしいのは私たちじゃなくて、あの男なんです」

ストーカー、暴力、つきまとい。

母が警察署で知らない大人相手に涙を流して話してるのを見たら、陽次のことを庇いたくなった。お母さんが大事に毎日めくっている相田みつをのカレンダーは、陽次が買ってくれたものだ。そういうのが好きなピュアな人で、たくさんの言葉を私に教えてくれた。

瞬間、悲しみが噴き上げて、涙が出た。陽次も、出会い系で知り合ったばかりのあの人も、両方のいいところだけ、私のものになったらいいのに。二年も付き合ってるし、陽次がこの先私以外の人と付き合うことを考えたら、急にジェラシーがわいてくる。仕方ないじゃないか、人間なんだから。

私が泣いているのに気づき、母が「かわいそうに」と肩を抱いてくれた。警察の人も頷いていた。見ず知らずのきちんとした身なりの大人が、こんなに真剣に自分の話を聞いてくれたのは初めてで、それは陽次を想うのとは違う部分で、私の心を満足させた。

書類を書かされ、その上にある『被害届』の文字を見て、覚悟を決めなきゃならないと思った。

このままじゃ、何にも選べなくなってしまう。陽次と、これから出会うかもしれない別の彼氏との未来や何か全部、その二つのうち、どちらを取るか迫られている。

バイバイ、陽次。

被害届の一番上にある名前の欄から、私は書き始めた。

浅沼美衣

5

浜辺の簡易シャワーを浴びて外に出ると、陽次の姿がなかった。

二十分後にこの看板の前で、と約束したのに。「俺は十分もあればいいんだけど、美衣は女だから長くシャワー浴びたいだろ」と陽次が決めた時間だった。

時間に遅れないように、と急いで着替えて支度してきたけど、陽次はすでに出てしまったのか。どこに行ってしまったのだろうか。困った。お金もないし、ここには知り合いなんかいない。陽次しか、いない。

四時を過ぎ、海岸は客の姿が急激に減っていた。まだ鳴り続けているスピーカーからの音楽にも昼間の勢いは消えている。

寂しくなった浜辺の付近に見慣れた姿を捜して、キョロキョロと首を動かす。すると、道を挟んだ向こう側にそれらしい背中を見つけた。「ヴィーナス」の隣の建物の前で、腕組みして、顔をウィンドウに貼りつけるようにして立っている。シャツを、さっき買ったアロハに着替えていた。

「陽次」

ほっと息を洩《も》らして駆け寄っていく。陽次がいたのは不動産屋の前だった。間取り紹介の紙を見ている。

店は、営業しているのかいないのかわからない、微妙に暗い光を灯していた。中に、頭が半分禿《は》げ上がったオヤジが座っている。私たちに気づいて、小さく頷き、立ち上がって歩いてこようとする。どうやら、やってはいるらしい。

見てるだけなのに、声をかけられる。服屋でも店員のかけてくるプレッシャーが苦手な私は逃げ出したくなるが、陽次は落ち着いたものだった。私に尋ねる。

「なあ、美衣。温泉好きか？」

「え」

「安くねえ？　ここ。ここなら住めるなって思って」

リゾートマンション、と書かれたポスターが貼られていた。紙が陽に灼《や》け、窓にとめたセロハンテープも茶色く色あせている。大理石の玄関とおしゃれな家具が置かれた室内の写真の横に「全室温泉完備」の文字が入っていた。

「何か、お探し？」

不動産屋のオヤジが、中から出てくる。

「今は見てるだけだけど、近いうちにまた来るよ。二人なら、１ＤＫでも平気かな」

「カップル？　だったら平気だよ。若いうちはものすごぉく仲がいいから」

「そっか」

半日海にいただけだし、日焼け止めも塗ったのに、背中がヒリヒリする。海の塩が沁みたように痛い。

下着を、私は穿かなかった。せっかくシャワー浴びたのに、汚れたまま着けるのは嫌だった。そのせいで、ショートパンツの下がスースーする。

「中に入って、もう少し詳しい話を」と誘うオヤジを曖昧《あいまい》にやり過ごす。開いたドアの向こうから、潮の香りと入り混じった、何かの香辛料みたいな匂いがしていた。

「ここに住むの？」

来る途中、東京で乗り換えしたことを思い出す。そんなに離れていなかった気がする。この辺に住めば、東京にだってちょくちょく遊びに行けるかもしれない。

歩き出してから尋ねると、陽次が「嫌か？」と顔を覗き込んできた。

「ううん」

首を振って、買ったばかりのつばの広い帽子をかぶる。二人で、何も話さず、浜辺を行けるところまで、端から端まで歩いた。夕焼けが海に沈むのが、とてもきれいだった。

ふと、小学校時代の栄美のことを思い出した。私と逆さまの、だけど似てる名前の栄美ちゃん。今、どうしてるだろう。県外で就職した、と噂で聞いたけど、きっと名古屋か大阪だ。こっちの、東京の近くじゃない。

私たちをキョンシーにしたことなんか、きっと彼女は気にしていない。サイン帳だって読んだかどうか。泣いて反省してくれたなら、いい子だったと思えたのに。私はキョンシーをやってた子たちから抜け出したかったし、栄美や敦子たちよりすごい世界を先に知りたかった。男を知ったのも、やった回数も内容も、私の方がずっとすごい。

栄美ちゃん、こんなに遠い海、来たことある？　リゾートマンションに住んだことは？

るるぶに載ってたカフェに行きたいと言っておいたのに、陽次が適当な食堂にさっさと入ってしまう。「カフェ行かないの？」とダメもとで言うと、「だって腹減った」と答えた。

入り口に「ラーメン」「おでん」という赤い幟旗《のぼりばた》が立てかけられていて、それを観た途端になんだかとてもがっかりした。観光客も地元の人も、両方が来るような雰囲気だった。厨房が見えるカウンターと、奥に、靴を脱いで上がる座敷の一角があり、油が染みたような少年マガジンがテーブルの上に置かれたままになっていた。

頭上からテレビの音がした。見上げると、入り口すぐの天井近くに神棚のような場所があって、そこに丸い小さなテレビが置かれていた。毎週見ているクイズ番組が流れている。特に好きだったわけではないが、この曜日のこの時間は他にいいのが何もやっていないのだ。

それを見て、今日は木曜日なのだ、と初めて理解した。テレビを観るのが久しぶりで、ひどく懐かしく、いつもはメールか何かしながら流し見るだけなのに、視線が吸いつくように番組に釘づけになる。

「俺、味噌ラーメン。お前は？」

案内される前にさっさと座敷に上がり、壁に貼られたメニューの紙を見て、陽次が言う。

「私、カレー」

「お前、部屋の中なんだから帽子取れば？　行儀悪いよ」

陽次の偉そうな言い方にカチンとくるが、素直に帽子を脱いだ。変なところで礼儀にうるさかったり、ちゃんとしてる。陽次はそういう奴だった。

おばちゃんが水を運んできたところで注文をして、しばらく二人でぼけっとテレビの話をした。出ている女優を「あの人、絶対整形だよね」と指差すと、陽次がおかしそうに頷く。

「そうそう。そうに決まってる。ダメだな。事務所に踊らされて、言いなりにそんなことやっちゃうようじゃ先が見えてる。あいつも芸能界生命、長くないな」

テレビの音が、少し大きくなった気がした。先に、ラーメンが運ばれてくる。箸は割り箸じゃなくて、吉野家みたいに、箸箱から普通のを取るタイプだった。こういうのを、陽次は「エコだ。考えてる」って喜ぶ。

店の入り口から、男が一人中に入ってきて、おばちゃんに何か話しかけるのが見えた。その男がこっちを見て、私と目が合った。男の目の中に、何か、力のようなものが注ぎ込まれたのを見た気がした。「あ」と思ったけど、どうしてそう思ったのかわからない。咄嗟にしたのは、帽子に手をかけることだった。私に似合うと今日初めて知った帽子。守るように手を置いて、かぶる。

陽次が気づいた。「どうした？」と私を見つめ、次の瞬間、「柏木《かしわぎ》ぃ！」と怒声が飛んだ。

陽次の苗字《みようじ》だった。

食堂の中に、男たちが入ってきた時、陽次は呆気に取られ、私は帽子を押さえていた。全部で何人いたかわからない。もう逃げられないぞ、と男の誰かが言った。

ラーメンがやってきたばかりで、目の前で湯気が上がり、味噌の匂いがしていた。

帽子を押さえながら、私は震えていた。

離せよ、やめろよ、勢いよくあがっていた陽次の声が、身体を押さえ込まれ、左右前後からがっしりした肩の男たちに取り囲まれるにつれ、呼吸を奪われたように小さくなる。手を振り回し、陽次の裏返した拳《こぶし》が一人の顔に当たる。ごっと鈍い音がして、叩かれた男の表情が一変する。

陽次はまだ、ここを飛び出そうとしていた。多分、私を置いて。

「――浅沼美衣さんですね？」

息を切らしたような声で、後から入ってきた男が私の腕を掴んだ。遠慮のない手が、帽子を脱がせる。はい、とがさがさに乾いた唇の間から、私の声は自然と出ていた。

殺人容疑、

柏木、

確保、

逮捕、

もう逃げられないぞ。

殺人、という言葉を、ざわめきの中に耳が拾って、絶望的な気持ちになる。お母さん、やっぱりダメだった。

あの日、私はお風呂に入っていた。

髪を洗っている間に、大きな物音と、悲鳴を聞いた。びっくりして、お風呂場の戸を開けて「お母さん？」と呼びかけたけど、悲鳴と物音が続いていた。

「美衣！」と呼ばれた。

頭がシャンプーの泡だらけで、すぐには外に出られなかった。慌ててシャワーで泡を流し、裸のまま、短い廊下を通って居間に入った。水滴が身体から床に滴《したた》り、髪から飛び跳ねる。

床に、母がぺったりと身体を前のめりにして、祈るような姿勢で倒れていた。おなかの下から、血が流れていた。目を見開く。脇腹を押さえた母の身体が、信じられないくらい真っ赤だった。ドラマより大袈裟で驚いてしまう。だって、ドラマの方が血が少ない。

包丁が、母のすぐ近くに落ちていた。光を反射して眩《まぶ》しいくらいの刃の表面に、血が、油のように弾かれてつやつや輝いていた。

陽次が立っていた。

か細い声で、母が呻《うめ》いているのが聞こえる。息をしている。

陽次は、無表情に母を見下ろしていた。肩で荒く息をしている。腕が呼吸に合わせて大きく上下して震えて見えた。血がついていた。

陽次の目が、母から逸《そ》れて、初めて私を見た。会うのは二週間ぶりだった。背筋が冷たく伸びる。髪から雫《しずく》がまだぼたぼた落ちてくる。

「あのさ」

出てきた陽次の声は、意外にも落ち着き払っていた。私を見て、目を細め、不機嫌そうに言う。

「お前、パンツくらい穿いたら？」

私は、裸だった。唾を呑み込む時、重たい音が耳と頭の奥にまで響いた。

パンツ穿かなきゃ、と思った。濡れた髪、シャンプーだけでリンスもしないまま、身体も拭かないで、とりあえずパンツを穿いた。

陽次が、母の鞄をあさってた。母はもうぴくりとも動かなかった。

「美衣さん、もう大丈夫。大丈夫だからね」

呆然と、目の前で捕まる陽次を見ていたら、肩を何度も摑んで揺さぶられる。誰かに守ってもらえると思ったら、どっと力が抜けて、自分にかけられた男の腕に縋《すが》っていた。団地に戻れるのだと思ったら、母がもういないのだと思ったら、涙が溢れた。

「怖かった」

呟く。

「怖かった。本当に、怖かった」

芹葉大学の夢と殺人

指名手配中の容疑者、女性を突き落とす？

五日午前六時二十分頃、岩手県盛岡市内のラブホテルの駐車場で女性が倒れているとの通報があった。女性は群馬県高崎市の私立高校美術教師二木《にき》未玖《みく》さん（25）で、ホテルの非常階段から転落したものとみられる。二木さんは顔の骨を折るなど、意識不明の重体。通報した管理人は、現場とみられる非常階段で男女が激しく言い争う声を聞いており、また、二木さんの首には何者かに強く絞められたような跡が残っていた。一緒にいた男はそのまま逃走したとみられている。

二木さんは、先月二十五日、芹葉《せりば》大学で坂下元一《さかしたもとかず》工学部教授（当時57）の他殺体が見つかった事件で死体遺棄容疑で指名手配中である羽根木《はねぎ》雄大《ゆうだい》容疑者（25）の元交際相手。岩手県警は、二木さんの転落に、羽根木容疑者がかかわっている可能性もあるとみて、捜査を進めている。

二木さんは事件の前日、勤務先の高校を「気分が悪い」と早退した後、連絡がつかない状態になっていた。

1

坂下先生が殺された、と聞いた時、私はすぐに、あなたの仕業ではないかと疑った。

疑ったら、怖くて一歩も身動きができなくなった。どうにか立ち上がり、台所でグラスに水を汲《く》むと、その表面が激しく揺れた。冷たい床にまた足を折って座り込む。同居する母の心配する声に、「立ちくらみ」とだけ答えた。

大学時代の一時期、あんなにも顔を合わせ、身近だった坂下先生の死を、何故、今、他人事のように実家のテレビで見ているのか、不思議で違和感があって、だけどそれ以上にどう事件に近づいていいかわからなくて、かつての研究室仲間に連絡を取ろうかどうか迷っているところで携帯電話が震えた。

あなただったらどうしようと、不安になった。

携帯にメールしてきたのは矢島《やじま》さんで、私は表示された彼女の名前を見た途端、ほっとしたような、落胆したような気持ちになった。

坂下先生の遺体は、工学部研究棟にある彼の研究室から発見された。学生時代、何度も進路や卒業制作の相談で訪れたあの場所を想像したが、研究棟は私たちが卒業してから改築されたそうで、研究室も新しい場所に移っていた。

だからイメージのしようもないのだけど、先生の遺体は頭や顔面を殴られ、腹部を蹴られ、首を絞められて、先生が細長くまるめた製図表をしまうのに使っていた研究室のロッカーに押し込まれていたそうだ。

翌日になって、講義にやってこない教授を心配した学生が、教務部の職員と一緒に研究室に入って、変わり果てた彼の遺体を発見した。

ロッカーの遺体の前には、薄いカーテンを引くように模造紙が広げてかぶせてあった。隠したかったのだろう。動かない遺体を前にどうしていいかわからなくて、少しでも何かで覆ってしまいたかったのだ。なんの意味もないのに、そうすることで、少しは状況がどうにかなると思ったのかもしれない。

わかってしまう。それが、あなたの仕業だとするならば。殺したその時そばにいたかのように――自分がそれを手伝ったのではないかと錯覚すらしてしまいそうなほど、はっきりとイメージできる。

まさか、まさかね。言い聞かすように思うけど、あなたに電話もメールもできなかった。

遺体の発見から数日後、あなたの名前が容疑者として報道された。あなたは一人暮らしのマンションにも実家にも戻らず、逃亡したと見られていた。

この時も、矢島さんたち研究室仲間や、当時の知り合いたちから連絡があった。

「大丈夫？　ひょっとして、まだあの人と付き合ってたりするの？」

「羽根木くんがまだ大学にいたなんてびっくりした。どういうこと？」

付き合ってない、付き合ってない、と私は答える。

付き合ってなんて、いたはずがない。

彼から連絡があるかもしれない、と、私の元に警察が来た時、顔がひとりでに苦笑を浮かべてしまった。そんなはずないのに、何を言っているんだろう。

「あの人が連絡を取るなら、きっと実家の両親かお姉さんか、ともかく家族です」

答える時、自分でもびっくりするほど胸が痛んで、その唐突さに涙が出てしまいそうになった。

夢を聞いた、愚痴も聞いた、甘やかした。だけど、私の役割はそこまでで、あなたはきっと私のことなど、もう思い出してもいない。あなたにとって特別なのは、あなた自身と家族だけ。私はずっと一緒にいてもノーカウントの、いてもいなくてもいい存在だった。

電話の向こうで、矢島さんから「よかった。別れてて安心したよ」と安堵《あんど》した様子の声を聞かされた瞬間、首すじにざわっと鳥肌が立った。

公衆電話からの着信があったのは、指名手配報道の三日後だった。

「未玖」

声が弱っていた。その弱さが私の耳をくすぐって揺らした。

本当に連絡があれば困るだろうと思っていたのに、あなたに名前を呼ばれた途端、嬉しさとか懐かしさとか、こみ上げる感情が喉をつぶし、目頭《めがしら》を熱く溶かした。

「ごめん。最後に一度、どうしても会いたくて……」

「今、どこ」

声をひそめ、尋ねていた。

彼に会うこと以外、他のことはまるで考えなかった。どうにかなる、どうにかなる、どうにかなる。誰かに見つかったら、警察に出頭するよう説得するつもりだったと言えばいい。彼に会って、全部、それから考えればいい。職場にどう言って休みをもらおうかということで、頭の中がいっぱいになる。

2

夢があって、それに向けて具体的な行動を起こしていて、少しは将来に望みがありそうだという話を、私は、研究室の最初の飲み会で話していた。

大学二年生の私は夢の塊《かたまり》で、誰に会っても自分と自分の夢である絵とを結びつけて語ることでしか存在価値を計れない子供だった。

芹葉大学工学部デザイン工学科の学生たちは、二年に進級すると同時に研究室に振り分けられる。私たち坂下研究室は男子十名、女子三名の総勢十三名だった。

雄大が声をかけてきたのは、最初の飲み会から半年近く経った頃だ。

「二木さんてさ、自分に自信があるでしょう?」

灰色がかった穏やかな瞳に見つめられた瞬間、言葉を失った。

研究室の面々で飲む時によく使っていたその店は雑居ビルの三階にあり、屋上に出られた。決まった会話が行き交う飲み会の空気に退屈するたび、私はよくそこで一人タバコを吸っていた。

「自信?」

「プロの、絵の仕事してるって聞いたから」

確かに、私は雑誌の連載コラムに半年間だけ挿絵を描いたことがある。最初の飲み会で話した時は、皆、一様に「すごーい」と飛びついたが、もう興味を失っている。今は、話してしまったことを後悔していた。

高校の同級生がたまたま出版社でバイトをするようになったコネで、頼み込んでもらった仕事だった。名の知れた女性誌に自分の絵が載ったことが嬉しく、「見せて欲しい」という社交辞令を真に受けて、研究室に雑誌を持っていった。雑誌の発行月がその時点でさえ最新号ではなく、半年近く経ったものだったことが恥ずかしい。意気揚々と自慢するあの時の自分を思い出すたび、あれぐらいでプロ気取りだった私を皆、内心では呆れて見ていたかもしれないと、猛烈な後悔に襲われる。その後は、出版社に持ち込みに行っても、サイトを立ち上げても、次の仕事の目処《めど》はまるで立っていなかった。

屋上には、雄大と私の二人だけだった。店の名前が入った薄いタオルの洗濯物が、運動会の万国旗のように夜空の下に並んでいる。

「一度夢を叶えた人って、これから先何をするにしても明確に自分がそれを叶えるビジョンが持てるでしょ？　俺にも夢があるから、二木さんみたいな人の話、聞いてみたいんだ」

私はタバコを持つ手を唇から離して、彼を見上げた。雄大の反応は、これまで私が大学で出会った誰とも違っていた。

「羽根木くんの夢って、何なの」

雄大がまだ半分以上残っているタバコを、無言で灰皿の縁にこすりつけた。すぐに答えられないほど、彼にとっては大事なことなのだろう。やがて、たっぷりと間合いを取った後で、彼が小声で答えた。

「医者になりたいんだ。もともとデザインは第二志望だったんだけど、入学してすぐから、医学部に入り直すことを考えるようになった。来年から、休学する」

空に、薄い色の星が散っていた。彼が、私を見つめて破顔した。

「親にもまだ言ってないんだ。初めて人に話した」

衝動は、いくつもの段階を飛び越えて私の胸をいきなり襲った。

この人が休学してしまうなんて嫌だ。私のそばから、いなくなってしまうなんて嫌だ。今日ほとんど初めて話したというのにどうかしている。思うけど、気持ちが制御できない。

もともと、きれいな人だと思っていた。

目立つタイプではないし、口数も多い方ではなかった雄大は、研究室の男子の中でもどこか浮いた存在だった。私以外の女子も「変わってる」という言い方をしていた。「よく見ると美形なんだけど、二人だけで何話したらいいかわかんないよね」だけどきっと、彼女たちも雄大を意識していた。でなければ、あらかじめ牽制《けんせい》し合う必要などない。

華奢《きゃしゃ》で色白な雄大の顔立ちは、人工的に彫ったように涼しげに整っていた。灰色がかった目と鷲鼻《わしばな》の線の形が、少しだけ日本人離れして見える。際立った存在感を放つわけではないけれど、一度意識してしまうと目が逸《そ》らせなくなるような、雄大にはそういう危うい魅力があった。好きか嫌いかに関係なく、目が自然と彼を追いかける。きれいな容姿とはそういうものだ。

私の絵を見たい、と言った雄大と次に会ったのは、彼の家近くにある喫茶店だった。学生の多くが大学のすぐ近くに住むのと違い、彼の住まいは駅を一つ挟んだ閑静な住宅街の中にあった。

渡したファイルを、彼がテーブルの上でめくる。視線が私の絵の上を動く時、プロの編集者に見てもらう時の何倍も緊張した。

「いずれ、絵本を描くのが夢なの」

ファイルには、絵本のストーリーを簡単にまとめてイメージイラストをつけたページもある。

「そう」

雄大が静かに最後のページを閉じた。

「叶うといいね」

おざなりな言い方ではなかったけど、私の絵に対する感想はなかった。

コーヒーの色と匂いが染みついたような暗い壁の店内に、芹葉大生は私たちぐらいのものだった。学生が通うには値段があまりに高いのだ。その上、私には、目の前のコーヒーと普段よく飲む学食のコーヒーの違いもはっきりとはわからなかった。

宝石のような褐色の氷砂糖を、カップに一さじ入れてかき混ぜる。雄大はブラックのまま、馴れた手つきでカップを口に運んでいた。

「あまりお金は使いたくないんだけど、まずいコーヒーは飲みたくないから」

彼の言葉に、曖昧《あいまい》に頷《うなず》いた。

「大学に来てから、周りの人たちの思考が停滞してることに、ずっとイライラしてたんだ。みんな、それまでは夢や理想があっただろうに、大学に入ったことで満足してそこで止まるんだ。学科の課題とか、目先の問題を片付けることに一生懸命で、将来に向けて具体的な行動を起こしてる人が誰もいない。そんな時に二木さんの話を聞いたんだ」

胸の底を柔らかい炎でゆっくりと炙《あぶ》られるようだった。

「羽根木くんの話も聞かせて」

せがむと、はにかむように笑っていた雄大の頬が、急に引き締まった。

「俺の夢はバカみたいに大きいから。正直、無謀かなって思う。だけど諦めないよ。医学部に入ってからも終わりじゃない。その先にもさらにやりたいことがあって」

目が私ではない遠くを見つめる。ためらいがちに、その先は言葉を呑み込んだ。「これ以上は、話すと、本当にバカじゃないのかって思われそうだから」と苦笑した。

もっと親しくならなければ彼は明かしてくれないのだと思ったら、話すようになって間もないのに、また寂しさがこみ上げた。

私はバカにしたりしないのに。思考が停滞した多くの学生たちと一緒にされてしまったような気がして、悔しかった。

3

雄大の家は、デザイナーズマンションの一室だった。コンクリート打ちっ放しの壁と、部屋と部屋の間を仕切る磨《す》りガラスの向こうの階段を見上げた瞬間、足が竦《すく》む思いがした。

　初めて入った部屋は、彼の言葉通り、大学受験用の問題集や参考書、赤本の類《たぐい》でいっぱいだった。二度と戻りたくない受験の勉強。懐かしい数式や古文の文字を見て、彼がそれを今も続ける根気に感嘆のため息が落ちた。

「女の子を部屋に呼ぶなんて初めてだよ」

　自分の部屋に立つ私を見て、彼は戸惑っていた。

　高校の時も、大学に入ってからも、勉強にかまけて女子と付き合うことなんて考えなかったのだと語った。女にまるで馴れていないのだと思ったら、ただきれいなだけだった彼が急にかわいく、愛おしい存在に思えた。

「モテたんじゃないの？」

　リップサービスではなく本心から尋ねると「全然」と雄大が笑った。驚くほど素直な、透明に輝くような微笑みだった。

「むしろ敬遠されてた気がする。羽根木は変わってるって」

　絵を見せる、夢について語る、という口実を間に挟みながら、私たちの距離はゆっくりと近づいた。砂山の上に立った旗を崩すのを避けるように慎重に、徐々に互いを探り合い、やがて唇を重ねた。

　高校生の頃、初めてキスをした時は、唇が触れた瞬間、あまりの心地良さに身体が輪郭を失ってしまいそうだった。雄大ともきっとそうなるだろうと期待していたのに、不器用に押し当てられた唇の感触は想像よりずっと固かった。それが雄大のせいなのか、私自身の馴れのせいなのかはわからなかった。

くっつけたまま閉じた唇の向こうで、雄大が息を止めている。私の方から舌を伸ばすと、彼が「待って」と小さな悲鳴を上げ、私から離れた。

「俺、初めてなのにいきなりディープキスするなんてひどいよ」

泣きそうな声で言って背中から倒れ込み、ため息をついた。

過去に付き合った人がいるということは、すでに話してあった。近くで見る雄大の顔は、仰向《あおむ》けになったことで正面から見た時と印象を変え、幼さや整えた眉の青い部分まで、見事に露呈していた。

やけに甲高《かんだか》く、細くなった声で、雄大が一言、まるで女の子のように「するの？」と尋ねる。目の中に、私を非難する光が浮かんでいた。

「嫌なら、しない」

私は答えた。気持ちを高ぶらせると言うよりは、むしろ、少しげんなりとして。目を伏せた雄大が、夢を語る時あんなにも饒舌《じょうぜつ》だった声を萎縮させ、「したいけど」と答える。

キスの間から、雄大が勃起していることに気づいていた。それを隠そうと必死になって身体を捩《よじ》っていることにも。彼の心臓の音が胸を突き破りそうに大きいことまで、はっきり感じられた。

しかし、彼の初めての相手になれる特別感と楽しさに胸を高鳴らせたのはほんの最初だけだった。傍《はた》から見てもはち切れそうに思えるほど固くなっていたはずの雄大のペニスは、挿入までの間に何度も萎えた。それでもどうにか最後まで終えた頃には、私はもうすっかり疲れ切って、自分のおなかの上で光る青臭い精液をティッシュで拭いながら、毎回こんなに面倒なら、もうこの人相手にセックスなんてしなくていいとさえ思った。

けれど、次の瞬間、雄大が私の髪に手を伸ばし、頭を撫でた。

顔を上げると優しい目が私を見ていた。「急にかわいく思えた」と、彼が正直すぎる物言いで私に打ち明ける。そしてまた、キスをした。

薄く目を閉じ、そっと離れた私に、雄大が「イッてないでしょ」と尋ねた。何を訊《き》かれているのかわからず、「え？」と首を傾げたら、彼が乱暴に私の腕を押さえつけた。

「いいってば、やめてよ」

力任せに私の中に指を入れ、性器をこする雄大の手は、ただ痛いだけだった。抵抗の声をあげても彼はやめない。頭の中に、炭酸の泡が溶けるようなじゅわじゅわとした白い闇が広がる。自分が何をどうされているのかもわからなくなってきて、頭がぼうっとなった。気持ちよさなどほとんどないのに、淡い一瞬が足先をくるむようにやってきて、声が途切れた。こんなふうに絶頂に達するのは初めてだった。

「驚いた？」

手の動きを止め、私の目を見下ろした雄大が嬉しそうに尋ねた。答えられなかった。

触られた場所が、指が離れたことで改めてひりひり痛んだ。

「イカされるなんて思わなかったでしょ？——ひょっとして、俺のこと、遊び人なんじゃないかって心配になった？」

彼は、心底誇らしげだった。

「ひょっとして、初めてイッた？　話聞いてて、前の彼氏はきっと自分だけがさっさと満足して終わる人だったんじゃないかなって思って。俺は、そんなの嫌なんだ」

自分が優位を取れたと確信したのか、顔が輝いていく。思わず、大きな吐息が出た。

「ほっとした」

「何が」

「私のこと、積極的すぎるって、引いたかと思ったから」

雄大が微かに笑う。そして「二木さんだって、そんなに経験ないんだろうなって思った」と答えた。

「だって、あの舐め方だとどれだけしてもらっても出せないよ。よくわかってないのに、無理してやってくれたんだろうなって思ったら嬉しかった」

私は答えず、ただ彼を抱きしめた。まだ何も知らない、AVや雑誌の知識がすべてだと無垢《むく》に信じる彼の強がりも虚勢も、腹が立つけど、不思議とその時は愛してしまえそうだった。——その私の舌で、勃《た》ったくせに。

自分より大人に見えていた雄大がようやく同じ地平に降りてきたと感じて、安堵すらしていた。

「医学部に入った、その後の夢って何なの」

「サッカー」

ベッドの中で彼が答えた時、私は瞬《まばた》きするのも忘れて雄大を見つめ返した。声の続きがあと一拍遅れたら「は？」と聞き返していたかもしれない。だけど、雄大の顔は大真面目だった。

「俺、医学部に入れたら、真剣に日本代表目指したいんだよね。俺、今は何をやっててもちょっと気を抜くと、医学部のこととか、将来への不安で身体が緊張してくるんだけど、サッカーだけは別なんだ。サッカーしてる時だけが、心から楽しい。だけど、スポーツ選手ってやっぱり寿命が短いから、その後は医者に専念する。——日本代表になれたら、これまで彼女を作ったりもせず、勉強とサッカーに打ち込んできたことを人に話すつもりだったんだよね。優勝カップにキスして『この時までファーストキスを取っておきました』って、言うつもりだったんだ」

彼の微笑みは、こんな時でも覿面《てきめん》に美しく利いた。

「俺、そんな変な顔してないしさ。キスを取っておきましたって言っても、モテなかったからだとは思われないと思うんだよね。——さっき、二木さんとしちゃったけど」

「サッカーは、今もやってるの？」

「うん、大学の体育で」

選択授業の体育は週に一回きりだ。私はほとんど絶句しながら、さっき繋《つな》がったばかりの彼がまた急に遠くなったのを感じていた。海に漂っているのを引き寄せたら、いつの間にか今度は相手が空を浮遊していたような、とらえどころのない気持ちだった。

こみ上げてきたのは苛立《いらだ》ちだった。

何故、私も一緒になって酔うことができる範囲の夢にとどまってくれないのか。「バカみたいに大きい」と語った夢が、本当にバカみたいだなんてひどい。

「医者になるっていうのは、経済的にも豊かになることが保証されるわけだし、自分がやりたいことの基盤を手に入れるためのステップでもあると俺は思うんだよね」

雄大の口調が甘く、まさに夢見るように変化していく。夢というのはある種の信仰なのかもしれない。彼の穏やかで曇りのない表情を見て、そう思う。

「たとえば、二木さんが描きたいって言ってる絵本だって、医者になってさえいれば、年取ってから描くこともできるでしょ？　そういうのを全部手に入れるための人生の選択としての医者なんだ」

「絵本、描きたいの？」

自分の夢を軽んじられたような気がして尋ね返すと、彼が微笑んだ。

「本を書くとしたら、小説とか、長い文章の方がいいけど、やってみたいことの一つではあるね」

医者を志す者としての頭でっかちな正義感や薄っぺらい倫理観を語られるよりはよほ

どいいのかもしれない。——私はそう、思いたかった。経済的な基盤、という一言が、お金にならないであろう夢を見る私の頬を思いがけず強く張った。

大学内を見回せば、どこもかしこもカップルだらけだった。私たちは、大学二年だった。学科で知り合い、サークルで知り合い、友人同士の紹介で知り合い、皆が学生らしい楽しみに興じている。寂しさがなかったと言えば、嘘だ。私と雄大は、ともに自分にわかる言葉だけを頑《かたく》なに話し続け、周囲の言葉をまるで理解しようとしない異邦人同士で、心細いから、寄り添い合った。

付き合い始めてしばらくして、雄大は親に医学部受験のための休学を申し出た。彼の両親は戸惑い、とりあえず工学部を卒業してはどうかと、雄大を説得した。

「芹葉大の今の研究室を出ても、就職先なんてたかが知れてると思うけど」

深夜、私の部屋で雄大が両親に向けて洩《も》らす電話の内容は、同じ研究室に身を置く者として、時に胃がきゅっと痛むような思いがした。

私もまた、目処が立たないイラストの仕事に気持ちが滅入っていた。結果が出ない出版社への持ち込みや、賞への投稿をそれでもやめずにいられたのは、雄大のおかげだと思う。夢を持っている、というただ一点において彼の特別に位置づけられた私には、続けるよりほかに彼の彼女でいる資格がなかった。バカにされたくなかった。

休学をやめ、研究室に残るかどうか。両親に説得されても、雄大はしばらく迷っていた。すると、意外なことが起こった。彼が、「だって、未玖に会えなくなるのは寂しい」

と私を抱きしめたのだ。

とても、嬉しかった。

私の存在がすべてだったとは思わないが、彼は私と一緒に芹葉大学を卒業することを決め、私たちは多くの下宿生同士のカップルがそうであるように互いの家に入り浸るようになった。

雄大は、清潔な自分の世界しか知らない。私を喜ばせる言葉と傷つける言葉の両方を、無意識によく口にした。

学科のテスト明け、久しぶりに絵本を描いてみた時のこと。読んで欲しい、と雄大に渡すと、彼が困ったように身を引いた。

「置いといてくれれば読むけど、すぐには読めないと思う。前に見せてもらった時、俺、未玖の文章に稚拙な感じを受けたんだ。そこから、読み進められなくて。傷つけたらごめん」

気遣うように私の腕に手を置き、背中を撫でる。彼の体温を感じる部分から順に身体が冷えていく。

「稚拙？」

「だけど、内容がどうってことじゃなくて夢に向かって頑張ってる姿勢は尊敬してる。すごくいいと思うから、応援してるよ。俺がダメだってだけで、絵本を読む人たちは未玖みたいのがいいと思うかもしれないし、ほら、俺ってテレビだってつまらないって言ってほとんど観てないけど、世の中の他の人たちは夢中になって観るわけだから」

彼の言う世の中は、平凡とか俗物であるとか、そういう種類の「世の中」だ。言葉が継げなくなってしまった私に「ごめんね」と微笑んだ。

「俺、よく親や姉さんからサラリーマンには絶対に向かない性格してるよねって言われるんだ。嘘やお世辞が絶対に言えないから」

この人のことをそれでも好きな自分が、恨めしかった。

絵に自信はあるし、私も私の夢が大事だったけれど、雄大に言われるなら仕方ない、と自分を慰めた。彼氏が欲しかったし、寄り添って一緒に眠れる存在が欲しかった。雄大の夢が叶えば、自分が医者の恋人になれるとか、彼の言う経済的基盤の恩恵に与《あず》かれるかもしれないといった考えは、ほとんどなかった。

夢の存在を彼自身の存在がいつしか追い越したと言えば、少しは聞こえがいいだろうか。

学生時代のべったりとくっついた二年間は、そういう時間だった。「好き」というのはそういう、魔物の感情だった。

4

坂下教授が私に目を留めたのは、私に他の女子学生のようなわかりやすい化粧気や、服装に気を遣った様子が見られなかったからかもしれない。長い髪は無造作に伸ばしたままだし、スカートだって学生時代はほとんど穿かなかった。靴はほぼスニーカーで過ごしていた。

他には、絵を描くこととか、皆が義務のように提出する課題に少しばかり意欲的だったこととか。これからの自分の仕事の無駄にはならないと教授によく本を借り、それに毎度短い感想を書いたことだとか——。突出するような真似をした覚えはないけど、そういうことのいちいちが少しずつ、教授の、私への覚えをめでたくしていった。

あとは多分、酒とタバコだ。

他の女子がたまたまアルコールに弱くて、かつ喫煙者でもなかったから、教授の中で、私だけが彼のイメージに合うステレオタイプな型に押し込まれた。坂下先生は、そういう意味でいかにも学者らしい人だった。

「酒もタバコもどんどんやって、男子ともいつも何か議論してる。二木さんは本当にさすがだなぁ」

嬉しそうに言う声を飲み会で聞いて、なるほど、ではここではそういうことにしておこうと決めた。実際には、私は研究室内の雄大以外の男子とは、研究や実習を別にすれば、個人的に口を利いたことさえほとんどなかった。

「坂下先生は、二木さんがお気に入りだからなあ」

「二木さん、昨日配られた資料の封筒の中、教授の部屋の合い鍵とか一緒に入っててなかった？　大丈夫？」

他の学生たちからよくからかわれたが、皆、口調は軽かった。教授は独身だったが、バカがつくほど生真面目で、研究や学問以外に興味などなさそうなタイプだった。雄大と私が付き合っていることを、坂下教授は知らなかった。最後まで、知らないままだったかもしれない。学生間では公然の事実だったが、子供同士の関係性を教師の前で巧みに隠し、明かすのをタブーに考える空気は、高校までと同じく、大学でも変わらなかったということだ。

三年の終わり頃になると、学生たちの話題の大半を、院試と就職活動が占めるようになっていた。スーツ姿でどこそこのOBを訪問した、資料を取り寄せたという話を聞くたびに、耳をふさぎたくなった。学生生活が折り返し地点をとうに過ぎたのだと思ったら息が詰まりそうになって、逃げ込むように絵を描いた。

クセが強い、と、絵を持ち込んだ先の編集者に言われたのもこの頃だった。

絵の長所だと思っていた筆致を、好き嫌いが分かれるマニアックな特徴だと見抜かれた。つぶしが利くイラストレーターになるにしては致命傷だね、と。

ならばと負けん気を起こし、編集者が言った私のクセを極力隠して描いた絵は、完成してみると何の武器も持たない空っぽな、誰かのパクリ作品だった。描き続けるのが、どんどん苦痛になっていく。だけど、私には他に何もない。単調な作業を繰り返してただ作品数だけを重ね、その時期は人生で一番、自分の絵の営業にも必死だった。

教授から電話がかかってきたのは、そんな時だった。

「二木さん。あなたこの頃、たまに遅刻してくるでしょう。それ、どう考えているの」

たわいない用事に違いないと思って出た電話から聞こえる冷たい声に、血の気が失《う》せた。彼のお気に入りだと囁《ささや》かれ、優等生の枠から出たことがなかった私は、たったそれだけのことに天地がひっくり返ったように動揺した。頭の中がくらくらした。

遅刻するのは、私だけではなかった。

もともと、坂下研究室は砕けた空気で、院に進む学生も他の研究室ほどいなかったせいか、就職活動が始まった三、四年生が、授業に途中から合流することは珍しくない。今日だって、私が座った後、授業の半分が過ぎた頃に矢島さんたち女子二人が連れ立って入ってきた。――坂下先生は、彼女らにも、私と同じように電話するのだろうか。

これまで散々言われた「お気に入り」の言葉が、背筋を寒気になって滑り落ちる。電話がかかってくるのは、きっと私だけ。「お気に入り」とは、そういうことだ。

言い返したい気持ちをぐっとこらえて「すいませんでした」と謝る自分の声が遠かった。

「就職活動の関係で、遅刻してしまって……。本当に、すいませんでした。以後気をつけます」

「申し訳なかったとか、すいませんじゃなくて、どう思ってるのか聞きたい」

「それは、先生に甘えていた部分もかなりあって」

「大変なんだよ。後から来られると、最初に講義した部分をまた説明し直さなきゃならないし」

教授の声は、飲んで酔っているようにも聞こえた。晩酌の最中、酒が入ったことで急にこれまで抑えていた我慢が利かなくなったのかもしれない。

「あなたが大学の外でどんな活動をしていてもいいけど、僕の授業にはきちんとその時間を使って来てもらうというのが、僕と大学と君との間の契約でしょう。僕だってそうやって、昔からいろんな競争に勝って、ここまでやってきたんだから」

論旨をずらしながら語られる言葉を、私はただ「はい、はい」と相手に見えもしないのにしっかりと顎を引いて頷き、受け止めた。恥ずかしくて、泣き出しそうになる。

「あなた以外の他の人たちにも、また注意するけどね。ともかく、気をつけてください」

電話の向こうの教授が、その時、何故か笑った。気まずさを緩和しようという意図すらなく、えへへへ、と洩れただらしない笑い声だった。弛緩《しかん》した口元を想像したら、これまで誰にからかわれても一度も思ったことがなかったのに、教授の中に生々しい男性の気配を感じた。

電話を切る。あまりのショックに、何もする気がなくなっていた。食べかけのままになっているテーブルの上のトマト缶と煮た鶏肉《とりにく》の夕食が滑稽で、もう一口も食べたくなかった。

その日、うちにやってきた雄大にあったことをそのまま話した。自分でも気持ちの整理がつかなくて、言葉にして吐き出すことで落ち着きたかった。話を聞き終えた雄大は、神妙な顔つきで私の前に座った。

「未玖にとって、厳しいことを言うかもしれないんだけど、いい?」

「うん」

「遅刻したのは、未玖が悪い。未玖にも非がある。うちの研究室は確かにそのあたりがゆるくてだらしないけど、普通はマナー違反だしね。坂下先生の気持ちもわかる」

「うん」

わかっていたから、追い打ちのように言わないで欲しかった。それでも、気持ちの持って行き場がどこにもないから、今、彼に話しているのに。研究室の中で、雄大は確かに一度の遅刻もない。だけど、聞きたいのはそんな高みからの正論じゃなかった。

「明日、どうしよう」

授業で坂下先生と顔を合わせなければならない。「普通にしてればいいよ」と答える雄大は、もう話題に興味を失ったように平然として、私が作った夕食を食べていた。「ちょっと味が薄い」と催促されて、答える気力も失せながら、私はこしょうの瓶を手渡す。

極力、普通にしていようと努めた。電話のことは、他の学生たちに言うつもりはなかった。朝の教室で私の顔を見た教授が、意味ありげに小さく頷き、一言「おはよう」と告げる。何も言われなかったことに、救われた。一晩経って酔いが醒めた教授に謝られるんじゃないかと、私は内心ひやひやしていた。話題を蒸し返されるのは、それがたとえ謝罪であれ、気まずかった。

矢島さんは、今日も遅刻してきた。他人のことなのに肝が冷えて、それから彼女が憎らしくなった。昨日私があんな思いをした後なのに、再び教授の機嫌を損ねないで欲しい。教授は彼女に注意することもなく、淡々と講義していく。

授業が終わり、矢島さんが他の学生とはしゃぎながら荷物を片付けているところに、一言、教授が「矢島さん」と声をかけた。

この後にある緊張した時間を思って息を止めかけた私の前で、教授が言った。

「最近遅刻が多いけど、きちんと時間に来てね」

「あ、はぁい」

矢島さんが決まり悪そうに苦笑を浮かべ、首を動かし頭を下げた。そのまま顔を逸らして、他の子と行ってしまおうとする。教授もそれ以上呼び止めず、視線を逸らした。

私はぽかんと拍子抜けして、あっけなく終わった今のやり取りを心の中で処理できなかった。教壇から去ろうとする教授はこっちを見ないが、明らかに私を意識していた。

気が済んだのだ。

昨日、私に向けて感情をまき散らすことで満足して、今日はもうどうだって良かったのだろう。それでも一応矢島さんに声をかけたのは、私の目を気にしてのことだ。

悔しかった。だけど何も、言い返せなかった。何故なら私はもう、世の中がそういう理不尽なものだって知っている。教師の欠陥を見つけていちいち糾弾できるような若さは、私の中にはもう残っていなかった。教師だって、所詮人間だ。

どこからか「おかしいんじゃないですか」と声が聞こえ、無意識に口に出してしまったのだろうかと慌てて顔を上げる。しかし、声は私のものではなく、立ち上がって、坂下教授をまっすぐに見つめた雄大のものだった。

驚き、唖然《あぜん》とする。雄大はそれまで、教授にとって、その他大勢の学生の一人にしか過ぎなかったはずだ。不真面目な学生ではないが、医学部の受験勉強を第一に考えているせいか、ここでの研究内容にはさほど身を入れている様子がない。教授に意識されるほどのことは、よくも悪くも、何もなかった。

「雄大」と声が出かかるが、実際に彼を呼ぶ勇気がなかった。坂下教授が、今の声が自分に向けられたものだと知り、怪訝《けげん》そうに眉を顰《ひそ》めた。

「何がだい」

「遅刻の注意の仕方。坂下先生、二木さんには昨日の夜わざわざ電話をかけて一時間近く叱ったんですよね。それに比べて、今の矢島さんに対する注意は軽すぎませんか」

矢島さんたちが教室の入り口で足を止めてこっちを見ていた。坂下先生の顔がみるみるうちに真っ赤になっていく。険しい目で、私をちらとだけ見た。

「先生は、先生と学生の関係を契約という言葉で表現されたそうですけど、だとしたら、その契約はこの場にいる誰もに平等じゃないとおかしいんじゃないでしょうか。……叱ることが贔屓《ひいき》なのか、叱られないことが贔屓になるのか、どちらかはわかりませんけど」

雄大の口調は自明の理を語るように整然として、乱れたところがなかった。

学生から一身に注目を集めた教授は「もういい」と不機嫌そうに言い捨て、それからついでのように「矢島さん、後で教官室まで来てください」と彼女を呼んだ。

教授が出て行った後の教室で、矢島さんや他の学生たちが私に近づいてきた。彼女に気分を害した様子はなく、心配そうな目をして「さっきの羽根木くんの話、本当？」と尋ねる。私は小さく頷いた。「それ、ひどいよ」と誰かが言った。

「何それ、私たちの代表として二木さんが怒られたってことじゃん。一人だけ、かわいそう」

私は妙な浮遊感を覚えながら、それらの声に応える。大丈夫、大丈夫、気にしてないから。「あー、やだな。私も怒られに行かなきゃ」と矢島さんが呟き、「お前の場合は遅刻多すぎ」と誰かがふざけ調子に言う。

男子学生の一人が雄大に「お前、すごいな」と言うのが聞こえた。雄大はこの時も特になんということもなく「そう？」と首を傾げていた。計算も打算もないのだ。彼は驚くほどためらいなく、清潔な世界を生きていた。

「さっきはありがとう」

教室を出た後で言うと、雄大は薄く微笑んだ。私を盛大に庇《かば》ったという自覚すらなさそうに「だって、あれはおかしいと思った」とだけ答えた。

私は彼を、同じ年だけど、弟のように感じていた。しかし、いつだったか彼が私のことを「妹みたいな感じ」と人に話していて、意外に感じた。私たちは、互いに対してそうだったのかもしれない。

5

雄大が卒業できなかったのは、彼自身のせいだ。

大学四年になって、周りがよりいっそう進路の話題で盛り上がるようになった頃、雄大はまた親と揉めた。卒業制作についての話が具体的になればなるほど、今からでも休学して受験に備えたいと言い出した。あとたった一年じゃないか、卒業してからにすると言ったじゃないか、と説得を試みる父親に、雄大が電話の声を荒らげる。

「だけど、卒業制作に使う労力って半端じゃないんだよ。人生に必要じゃないことをそんな時間を割いてまでするなんて無駄じゃないか」

休学は認められず、雄大は不機嫌になりながら、「今年もう、医学部受けるよ」と卒業制作の準備もそこそこに、両親にあてつけるよう、受験準備にますます力を入れるようになった。

「きっと、何か提出しさえすれば、卒業させてもらえるんでしょ？　俺は医学部に行くんだし、今回の工学部の分は、卒業の成績が悪かったところで構わないわけだから」

彼の正しさは、あくまで彼の狭い常識と経験の中でだけ機能する正しさに過ぎなかったが、真面目にやるべきだという私の言い分は無視された。

私は、故郷の群馬県で中学の教師をしている母に勧められ、彼女の知り合いが勤める私立高校の教員採用試験を受けることになった。

芽の出ないイラストレーターの道は、諦めたわけではなかった。本当は、ここから猛勉強して大学院に進むつもりだった。院に進むことで学生という身分を保障してもらえれば、まだ絵を諦めない理由になる気がした。

母には、とりあえず受けるだけ受けてみて、その高校がダメなら、大学院に進む学費を出すことを検討してもいいと、条件を出されたのだ。

美術教員の免許は、何かの足しに、と大学に入学してすぐ自分でカリキュラムを組んで、取得できるようにしておいたものだった。大学のある市内の協力校で、同じような立場の学生たちと教育実習をした。普段だらけている学生の身にはきつい一ヵ月間だった。

雑用や教材作りに目が回りそうな忙しさを味わう中、実習生の同僚がはにかみながら、

「彼に手伝ってもらった」と、エクセルで作られた教材表を示す。羨ましくなった私は、雄大に、同じように手伝ってもらえないかと頼んだ。

「いいけど」

明らかに構えた様子の雄大は苛《いら》ついた口調で「どこの何を、いつ、どうやればいいの?」と私に尋ねた。それまで部屋でゲームをしていたくせに。指摘すると、「俺の時間だよ!」と怒鳴り声をあげた。

「遊んでるように見えても、ゲームをするのだって、気分転換の時間としてどれくらいって決まってるんだ。受験勉強に使うのも、大学の課題に使うのも、時間の中味を全部きちんと考えてあるんだから、そこに割り込もうとしてるくせに何だよ」

「ごめん」

私は素直に謝り、彼に頼んだことを後悔した。

雄大には私の実習仲間の彼氏と違って、私のための時間がないのだ。物理的な時間ということではなくて、心に私を入れる余裕がないのだ。

寄りかかるような真似は、絶対にできない恋人だった。私は私の足で、歩かなくてはならない。

教育実習は、とても楽しかった。真剣に教師になるつもりがある人もいれば、当初の私のように単なる資格取得のために来ている人もいた。

私や雄大のように突出した夢を持つような人は誰もいなかったけど、話すと楽しかった。私の失敗をみんなが何の見返りもなしにフォローしてくれた時には、人の善意と優しさというのは、どれだけ素晴らしいことなのだろうかと心底、感謝もした。

　この彼らを指して、私や雄大は思考が停滞してると言ったのだったろうか。彼らは地に足をつけて、夢を見ていただけだったんじゃないだろうか。それまで虚勢を張るようにイラストだけに固執してきた自分がちっぽけで、くだらない存在に感じた。

　受けるだけのつもりだった教員採用試験に受かり、美術教師の内定をもらった私は、決まった後から迷っていた。本当に自分が田舎に戻ることになるのか、大学生活で数年親元を離れただけだというのに、もう想像できなかった。雄大は「好きにすればいい」と言うだけだった。最終的に私の背中を押したのは、母の言葉だ。

「やりたいことがあるなら、働きながら目指しなさいよ。現実的に夢を見なさい」

雄大に軽蔑されるんじゃないかと怖かった。けれど、その時はもう、雄大は自分の進路のことで手一杯で、私のことなんか見ていなかった。

　彼の卒業制作を、その年、私は随分手伝った。人生に無駄を嫌うはずの彼が、傍から見ると、無駄なことばかりしているように見えるのが不思議で、皮肉だった。

　四年生になっても、一、二年生が取るはずの選択科目の体育の授業に出ていた雄大が、サッカーの試合で右足を複雑骨折した。大仰《おおぎょう》なギプスと松葉杖で帰宅した彼が爪を嚙んで髪を掻《か》きむしる。「どうしたらいいんだよ」と嘆いた。

「サッカーできないなんて。俺の人生、サッカーがすべてなのに」

怪我をした足は数ヵ月で歩けるようになるはずだったが、完全に元通りの状態にするためには、いずれ手術を受ける必要があるらしい。

「手術は医学部に受かってからにするよ」と、彼がつまらなそうにため息をついた。

同期の坂下研究室の仲間内で、雄大だけが卒業に必要な評価を得ることができなかった。

坂下先生と彼が本格的に険悪になり始めたのは、その頃からだ。何故卒業させてもらえないのか、自分の何がいけないのか。教授の部屋に足を運ぶたび、雄大は何度も大喧嘩して帰ってきた。両親との電話の中で何回も「訴える」という言葉が出てきて、心臓がキリキリする。雄大が留年の事実を渋々受け入れた頃には、私はもう大学を去って地元に戻る準備を着々と終えていた。

「一年遅れになるけど、勉強しながら来年こそ卒業するよ」

雄大が言った。

6

月に一度、私が週末に彼の家を訪れる形で、私たちの恋人関係はそれからもう二年続いた。

私が卒業してからの彼は、相変わらず医学部への受験勉強には熱心だったが、坂下先生の研究室には行ったり行かなかったりという状態が続いていた。「今更他の研究室に行く気しないけど、あの人の顔は見たくない」と、私が卒業した年の春には話していた。

その年の医学部への入試に、彼は落ちていた。

「卒業しなくても、先に医学部に受かっちゃえばそれで問題なくなるはずだったのに、悔しいよ」

　理不尽な目に遭ったこともあったけど、卒業時、私は坂下教授とは良好な関係のまま別れていた。卒業後、雄大のところに行ったついでに大学まで訪ねていくと、教授は彼を心配していた。

「研究室にもっと来てくれるといいんだけどね。助けを求めてくれないことには、こっちもどうしようもない。もし会ったら、そう伝えてくれる？」

　私と彼との関係を知らない教授は、まるきりの善意でそう言っていたはずだ。「わかりました」と私は答え、雄大に伝えたが、彼がどう答えたか覚えていない。

　私は、段々と、高校教師としてそれらしくなっていった。

　よく、教師は視野が狭い、と言われるけれど、小さな教室の中は生徒の親の事情まで含めて社会の縮図のようなもので、私はかなり揉まれた。自分の手で稼ぐことで金銭感覚が身につき、わがままな上司の思いつきに付き合うことも、組織の中で強いられる我慢や忍耐も学んだ。

　私の職場での話を、雄大は大抵「大変だね」と聞いた。そして、「だから俺にはそういう仕事、無理だと思うんだよね」と肩を竦める。

医者になれば、組織と人間関係の厄介さやストレスはそれこそ私の仕事の比ではないだろうが、彼がそこをどう考えているのかわからなくて黙っていた。

その頃から、私はよくこの先の年月をカウントするようになった。

ここから医学部に入るのに何年かかるのか。卒業するのに、何年かかるのか。医学部に無事入学できたとして、卒業までに六年。医師の国家試験にだって、ストレートで受かるかどうかはわからない。インターンに二年、それから、それから――。

――二木先生は、宝井《たからい》先生でどうなの。

同期採用の宝井は、真面目で親切な男だった。担当は化学で、いつも白衣を着ていた。生まれてこの方、一度もいじったことがなさそうな太い眉とその下の小さな目がちぐはぐな印象で、洒落《しやれ》っ気のないレンズの大きい眼鏡が、白衣の印象と相まって彼を宇宙人めいた風貌に見せていた。眼鏡を取ると、今度はかまきりのような複眼の虫を連想させた。目と目の間隔が開きすぎている。

――二木さんって、結婚願望強い？

駆け引きも何もあったものではない言い方で、知り合って間もない頃に聞かれ、交際を申し込まれた。僕と付き合うなら、先のことまで考えられるんだよ、と囁かれているようで、つらかった。まるでタイプではないのに、仕事に疲れた心が、時折ではあるけれど、ただ弱っているという理由だけで揺れるのが情けなかった。

年配の田舎気質の上司たちは、同じ年代の若者を一つの場所に放り込んでおけば、何が発展してもおかしくないと思っているらしかった。宝井先生は真面目だし、安定した職業についているし、条件としては申し分ない。宝井はそれを自信と追い風にして、私を口説いているのかもしれない。

違うのだ、と訴えたかった。

上司たちのからかう声を笑顔でかわしながら、私の恋人の姿を、雄大のきれいな横顔を、上司にも宝井にも見せたかった。

私の居場所は、ここじゃない。

雄大と結婚したいと思っていたわけではない。そこまで具体的な気持ちがあったわけではなく、ただ、こんなに長く一緒にいたのだから、これからも一緒にいるものと単純に考えていた。

夢を諦めてくれたらいいのに、と初めて思った。

長く時間がかかる夢に見切りをつけて、宝井や私がそうしたような堅実な歩き方を彼が選んでくれるなら、どんなに、私も雄大も楽になれるだろう。

社会人と学生に立場が分かれ、金銭感覚も価値観も合わなくなって別れてしまったというカップルの話を周りに聞くことがあった。私と彼の間でも、それは起こり始めていた。全部、些細《ささい》なことだ。稼いでいる私の方が食事を奢《おご》るとか、学生街の安居酒屋やファミレスではなく、ちょっといい飲み屋に行きたがるとか。

投稿を続けていた私の絵が、小さな美術系雑誌に掲載された時もそうだった。扱いは小さく、載ったからといってすぐに仕事に繋がるような記事ではなかったけど、横に編集者が『あたたかな、彼女にしか描けない世界。』とコメントをつけてくれていた。私は書店で雑誌を見て、身体の真ん中にぽうっと明かりが灯るのを感じた。その欄を何度も何度も読み返して、家に帰ってから、少し泣いた。

雄大に連絡すると、彼は「おめでとう」と言った後で、数日してから「大学の生協でその雑誌、行くたびに見てるんだ」と教えてきた。

昨日も見た、今日も見たよ。

取るに足らない、気づかなくてもいいようなことだった。だけど、気づいてしまった。雄大はお金を出して、その雑誌を買うという発想を最後まで持たなかった。

「最新号が出る前に、もう一度見ておくね」

雑誌の発売日を尋ねる無邪気な口調に痺《しび》れを切らして、とうとう「買わないの？」と尋ねた。雄大は驚いていた。

「だって、持ってても仕方ない。あの雑誌、専門書だけあって高いし。きっと部数をそんなに刷ってないんだね」

彼がどこまで、私との間に齟齬《そご》を感じ始めていたのかは知らない。だけど、別れを切り出したのは、雄大からだった。

いつになく緊張した声で「話があるんだ」と電話の向こうで言われた時、身構えるまでもなく、いつかこうなることがわかっていた気がした。

「俺たち、別れよう。俺がこのままの状態じゃ、いつ未玖とまた前みたいに気軽に会えるようになるか、わからない」

「勉強が大変なら、今のまま、あまり会えなくてもいいよ」

引き留められないなら諦めよう。つらくてたまらないけど、覚悟はできていた。

するど、彼が続けた。

「実を言うと、姉ちゃんに相談したんだよね。今の状況と、未玖のこと。——そしたら、その彼女は就職しちゃったんなら、きっとこの先結婚したいって言い出すだろうから、気を持たせる前に別れてあげた方がその子のためだよって言われた」

平然と彼が言い放った時、頭の奥で、冷たい耳鳴りと、全身の血が煮え立つ音を同時に聞いた。

こんな屈辱は初めてだった。

そう思われたくないから、そんなふうにだけは言われたくないから、自分の足で立とうと、今日まで、こういう付き合い方をしてきたはずだった。わかってくれていると思ったのに、わかっていなかったのか。私と会ったこともない、自分の姉の出した結論の方を信じるのか。

雄大の家族は、二十歳を過ぎた息子の進路も恋愛も、家族みんなで明け透けに相談にのってしまうのか。

第三者の言葉を悪びれもせず洗いざらい明かす彼の無自覚さまで含めて、悔しくて、私は息を止めたまま「いいよ、別れよう」と答えた。すると、今度は雄大の方で面食らった気配がした。もっと私が嫌がると思っていたのかもしれない。

「いいの？　本当に？」

寂しがる声を出さないで欲しい。あなたの親も、姉も、あなたを取り囲む環境というのは、どれだけあなたをきれいなものでくるんで甘やかしてきたのか。考えたら、比喩でなく、本当に目眩《めまい》がした。

私くらいの甘やかし方なんて、感謝すらされないわけだった。

「別れてからも、友達のままでいようよ。未玖の夢のことは、俺、応援し続けたいし、数年後、俺たちが互いに何になってどうしてるか想像するだけで、俺は本当に楽しいよ。実は昔付き合ってました、なんてかっこいいじゃない」

返事もできないで、電話を切った。

目を覆って、ようやく静かに一人で涙を流すと、私の拒絶に驚いたように、すぐ雄大から電話がかかってきた。携帯のウィンドウに彼の名前が光り続ける。取られないことなんて想定しないように、携帯は震え続けた。

「フッて、ごめんね」

言われた瞬間に、電話に出たことを悔やんだ。

子供が覚え立ての言葉の使い方を間違えたように聞こえる。「フる」なんて、そんな簡単でかわいい事柄は、私の身には何も起こっていなかった。私を襲ったのは、もっと別の激しい何かだ。喪失だ。

私が付き合ってきたのは、誰だったのだろう。

その人が実在しなかったことを知らされ、途方に暮れる。


「愛してる」と、付き合っていた頃、呟《つぶや》いてみたことがある。

私のそばで寝そべる雄大の無防備な顔をふいに愛おしく感じて、手を伸ばし、触れた。その瞬間、私は自分が彼以外は何もいらないと思っていることに気づいた。彼の夢も、私の絵の夢も、叶わなくても構わない。これからも一緒にいられるなら、彼に必要としてもらえるなら、それでよかった。あなたがバカにする、平凡なカップルの一つになりたかった。

好きという言葉では追いつかない気がして使った言葉に、雄大が困ったように眉を寄せた。

「未玖のこと、好きだとは思うけど、愛してるって感情はわからない。わからない言葉は使いたくない」

嘘がつけない、清く清く、正しい彼氏。「そうなんだ」と呟きながら、出てきた涙を見せないように、布団にこすりつけて消した。

7

雄大に別れを切り出された頃は、まだ周囲に結婚の話は聞かなかった。でも、二十五を過ぎると、私の周りでも珍しいことではなくなってきた。

大学までの恋愛は、担当教官や大人の前で口にするのがタブーになるような遊びで、社会人になってからの恋愛は、その先に結婚を見据えた大人公認の生活の一部になるのだという気がした。もちろんたくさんのしがらみが増えるけど、誰かと家族になるというのはそういうことなのだろう。十代の恋のような背徳感がなくなる。

高校時代の友人の式に出たという雄大が「驚いちゃった」と報告してきた。

「ご祝儀って、あんなに取られるものなの？――それと、周り見回したら俺と同じ年の奴らってみんなおじさんくさくてさ。俺、年取ったんだなあってびっくりしたよ」

見せてもらった写真に写る人たちは、雄大が言うほど「おじさん」ではなくて、私から見れば年相応の若い人たちばかりだった。

彼には、わからないのだろうと思った。

本当の大人を知らないから、彼らが若いことに気づけないのだ。

雄大との「別れ」は名ばかりだった。

「友達のままでいよう」という調子のいい言葉を守ることが大人な態度だと信じるぐらいに、私はこの時もまだ子供だった。

互いに対する義務も責任も減って、私は新しい彼氏を作ることもできたはずだし、雄大の夢を待ち続けてやきもきすることもなくなったはずだった。けれど、あまりに長い間、私は雄大のことしか見ていなかった。彼以外の人に自分が触れられることも、誰かとキスすることも、想像ができなかった。

自分がこんなに不器用だとは知らなかった。「好き」という魔物の感情は、まだ確実に私に取り憑《つ》いていた。いないよりはいい、という感情もまた魔物で、私は彼の不満や愚痴に付き合う電話を取り、相変わらず、新幹線と鈍行を乗り継いで、自分がもう卒業した芹葉大学近くの彼の家を訪ね続けた。ごく稀《まれ》に中間地点である東京のラブホテルで会うこともあった。

交通費三万円、ホテル代一万円、食事代三千円、お茶代千五百円。

彼に抱かれて家路につく時、私はそれらの合計の金額で雄大に抱いてもらっているのだな、と思った。他の男ではダメだというそれだけの理由で、私は彼を買っているのと同じではないか。

友達のままでいよう、が聞いて呆れる。

私は彼と友達だったことなど一度もない。恋人でなければ、そもそも友達になれたかどうか、わからない。

宝井のことを考えてもいいかもしれない、と思い始めていた。就職すると出会いがない、と研究室のOGから聞いていたけど、それは実際にその通りだった。私の周りでは、男は彼ぐらいしか存在しなかった。

公立の学校と違って、異動のない私立の高校で、宝井は私に振られてからもごく自然な態度で私に接した。気まずい時間はもちろんあったし、何より、諦めていないのだということを事あるごとにそぶりで示されるのは面倒だったけど、悪い人ではなかった。

タイプではないけれど、好かれることで、付き合うことで段々と好きになれるかもしれないと思った。雄大の時とはまるで、何もかも違う。けれど、あんなふうに人に恋して、その結果、私はどうなっただろう。

大学で許される留年は、最大で四年間。医学部に落ち続け、今も大学にいる雄大は今年卒業しなければ、大学から籍が消える。渋々訪ねた坂下先生の研究室で言われたこと、その不平不満がメールや電話で私の元に寄せられていた。耐えられない、という言葉が何度も出てきた。

雄大が今年で崖っぷちなことは、教授も承知しているはずだった。坂下先生ならきっと、これまでの事情はあるにせよ、課題を提出しさえすれば最低限の評価を与えて卒業させてくれるはずだ。ともかく彼の元に通うようにと、私は母親のような丁寧さで説いたが、雄大は不機嫌を隠そうともしなかった。

「だって、あいつおかしいよ。――俺、とうとう言っちゃったんだ。夢のこと」

とっておきの秘密を明かすように言うのを聞いて、絶句する。

「医者になって独り立ちする頃には三十代の真ん中だけど、それでも諦めてないってきちんと伝えた。俺さ、あの人みたいに悲惨な人生送るのごめんなんだよね。尤《もっと》も、俺も結婚はするかどうかわかんないけど。あの人って、何が楽しくて生きてるんだろう」

まさか、それを本人に言ったはずがない。そう、思い込もうとする。怖くて、確認できなかった。

教授に語った彼の夢は、どこまでだろう。まさかそこにサッカーは含まれていなかったろう。そうも、思い込もうとする。

食事の誘いを受けると、宝井は私が引くほどに喜んだ。

約束の日の放課後、美術室で一人学期末のテストの採点をしていると、控えめにドアがノックされた。入ってきたのは、授業を受け持っている一年二組の真野《まの》くんだった。

頭を軽く動かしただけの挨拶がぎこちなかった。髭《うぶげ》も肌荒れもないつるりとした肌はまだ子供で、ほのかにピンク色が差した頬に透明な産毛が生えていた。一瞬、どきっとした。鋭い目元と色素の薄い前髪の様子が、雄大に少し似ていた。

「どうしたの」

平静を装って尋ねる。かわいい子だと思っていた。女子たちから人気があるのも知っている。真野くんが「ちょっといいですか、先生」と、固い声で私を呼んだ。

「将来、絵に関する仕事をしたいんです」と彼が言った時、懐かしい風がすぐ耳元を吹き抜けた気がした。柔らかにしのび寄り、微かに寂しい、胸を締めつける夏の終わりに吹くような風だ。

「絵」

「絵、です」

オウム返しに呟いた私の言い方に真野くんが笑う。私は微笑んだ。十分に、大人に見える笑い方だったと思う。

「絵って、具体的にはどんな仕事をしたいの」

「一番なれたらいいなと思うのは画家だけど、それって難しいんですよね。食べてくのも大変だって」

真野くんがため息をついた。

「だけど、イラストレーターとか画家とかになりたい。そのためには今からどんな準備をすればいいのか知りたいんです。やっぱり美大に行った方がいいんですか？　わからないから、先生に相談したくて」

「そうね。うちから美大を受験する生徒は今までいなかったみたいだけど、もし、真野くんが真剣に考えているなら、先生も調べてみる」

「ありがとうございます」

「絵を描くの、好きなの？」

「好きです」

「そっか」と呟いた瞬間、私の顔が自分の意志に関係なく、力のない笑みを浮かべた。

「ひょっとしたら、美大受験のために絵の教室に通うことになるかもしれないから、どこがいいか調べてみるね」

「先生に、教えてもらうことはできないんですか？」

「私？」

驚いて、見つめ返す。真野くんの瞳が、表面張力を思わせる力に満ちていた。その目を見たら、心のどこかがぐらりとバランスを崩し、見えない力に自分が呑み込まれそうな気がしたけど、一線でこらえて、私は首を振った。

「私は無理だよ。もっと基本的なところから教えられる、力のある先生を探してあげるから」

「そうですか」

頷いた彼はまだ残念そうで、場違いに私の心が温まる。話が終わっても、彼はすぐには美術室を出て行こうとしなかった。短い沈黙の後で私が顔を覗き込むのと、彼が顔を上げたのとが同時だった。

「――先生には、当然、付き合ってる人がいますよね」

緊張し、半分裏返った声を聞いた瞬間、目を見開いていた。

意を決して私を正面から見つめる顔の下で、制服のズボンを摑んだ彼の手が微かに震えていた。何気ないふうを装ってなお、洩れだした感情が空気を通じて私に伝染する。

「います」と、咄嗟《とっさ》に答えていた。

頭に浮かんだのは、これから食事に行く宝井の顔ではなかった。

真野くんの顔から緊張が消える。代わりに浮かんだ、やっぱり、という諦めの表情は、安堵の顔にも見えた。「そうですよね」と答えて、真野くんが肩を落とし、美術室を出て行く。私は鈍感なふりをして、「さようなら」と彼を送り出した。

一人取り残された部屋の中で、私は座り込んだまま立ち上がれなかった。

今自分の身に起こったことを、考えていた。

かけられた言葉も、無垢な表情も、淡い夢も、ひどくゆっくり込み上げてきて、視界の底に白くて熱い膜が張る。

どうしてだろう。

私には、もう何にも、清潔なものも、きれいなものも、憧れていたものは二度と手に入らない気がする。何も選べない気がする。

夢見る力は、才能なのだ。

夢を見るのは、無条件に正しさを信じることができる者だけに許された特権だ。疑いなく、正しさを信じること。その正しさを自分に強《し》いることだ。

それは水槽の中でしか生きられない、観賞魚のような生き方だ。だけどもう、私にはきれいな水を望むことができない。これから先に手に入れる水はきっと、どんなに微量であっても泥を含んでいる気がした。息が詰まっても、私はそれを飲んで生きていくしか、ない。

教師になってから、女子生徒が私のことを陰で「二木」と呼び捨てにしていることを、雰囲気で感じていた。二木の授業、だるい。不真面目な生徒を注意した後で、死ねばいいのに、と軽やかに罵《ののし》られていることさえ、知らないふりをしているだけだ。教師という子供相手の職業ではそういう目に遭うことを私は知っていた。──どんなに人気があったり、美人で優しい先生にも、自分自身が生徒だった頃、そういう態度を確かに取った。

あまりに強く夢の世界に溺れた私の半身は、今も大学時代にとどまっている。これから先、何があっても、私は残りの半身だけで生きていかなければならない。

──雄大。

声に出して、呼んでみた。雄大。

バカにしてきた。彼をひどいと思ったし、心の中で何度も罵り、優越感にだって浸った。ダメな人だ、と。

だけど、こんな時になってようやく確信する。

彼は夢を見ている。叶わないことなんて考えもしない。逃げているという自覚すらなく、自分の夢が実現すると信じて疑わないのだ。最初からきっと、ぶれずに今日までそうだ。

私は、雄大に負けてたんじゃないか。

坂下教授の遺体が見つかり、電話してきた雄大の声は弱っていた。

「未玖」

「ごめん。最後に一度、どうしても会いたくて……」

その時、もう一押し彼が言わなければ、私は電話を切っていたかもしれない。だけど、彼は言った。怯《おび》えと緊張に震えた声で、これで最後だというように。

「愛してる」

理性が吹き飛んだ。

私には、何もない。夢を見る、力さえなかった。清らかな水の気配が、危ういほど輝いて電話の向こうから私を呼んでいる。

「今、どこ」

声をひそめ、尋ねていた。

8

監視や尾行をされている気配はなかったが、念のため、高校に出勤してから移動することにした。「気分が悪い、風邪かもしれない」と同僚に告げ、早退する。

「自分では運転できないから迎えに来てもらう」

置いていく車にまで言い訳を与え、こっそりと学校を抜け出した。駅まで走って、電車に飛び乗る。

新幹線を乗り継ぎ辿り着いた盛岡駅は、私の知るどこの駅ともまるで違う、見覚えのない場所だった。高崎を出る時に晴れていた空が曇って見えるのは、何も午前と午後の違いだけではなさそうだった。鼻の奥を抜ける空気が心なしか冷たい。季節や天候さえ違う場所に来てしまったのだと痛感した途端、叫び出したいほど心細くなった。けれど、もうここまで来てしまった。

向かったホテルの一室で、雄大は青ざめた顔をしていた。髪が伸び、無精髭も目立ち、何より瞳の光が磨《す》り減っている。頰がこけ、肌が荒れていた。会うのは、一ヵ月ぶりだった。

私が大学を卒業してから、雄大は随分面変《おもが》わりした。昔のような素のままの若さと美しさが気配をひそめ、必死で何も変わらないようにその場にとどまったものだけが持つ疲弊《ひへい》した幼さが、表に出るようになった。

「未玖」

彼は、泣きつくような真似はしなかった。

私の顔を見て、余裕さえ感じさせる微笑みを浮かべて「来てくれてよかった」と呟く。

ホテルの照明が暗かった。淡いピンクとクリーム色のストライプ柄の壁紙も、置かれたベッドも、枕元のティッシュとコンドームも、全部が夢の中のようにぼんやりと温かく空気がこもって、現実感がなかった。

私が買ってきたコンビニ弁当を、雄大は貪《むさぼ》るように食べた。ペットボトルを勢いよく傾けて、唇からこぼれたお茶が顎を滑っていく。雄大は口元を拭いもしない。バスタブに湯をためる音が部屋に響いていた。

一緒に入ったバスタブの湯の中で、雄大が囁くように言った。

「さわって」

雄大のペニスは硬く屹立《きつりつ》していた。最初の一年、雑誌とビデオの知識しかないからこそ、世の中で「気持ちいい」とされるあらゆる誤解を、彼は私で試したがった。

スタイルが固まったのは、いつだったろう。

挿入し、私がイクと、彼は私を必ずお風呂場に連れていくようになった。出す瞬間が一番気持ちいいのに、その時にゴムつけたり、外で出すなんておかしい、未玖は気持ちいいかもしれないけど俺は――、と、彼が買ってきたローションを手のひらに出す。右手を痺れるほど振って、彼の声を聞いてからでないと、眠ることは許されなかった。

いいことを思い出したいと願うのに、浮かぶのはそんなことばかりだ。

――イクの、我慢しよう。未玖の手、気持ちいい。

甘い声音が、褒め言葉のように口から洩れるのを聞いて、ぞっとした。お願い、疲れた、早く終わって。冬の寒いバスルームで、出しっぱなしにしたシャワーの水音の中で、だけど私は微笑んで、付き合ってしまった。

疲れた日、手の動きを止めた私に、雄大が自分の手をかぶせ、強引に上下に動かした。彼自身の手の下に、私の手のひら一枚を挟むことに一体どんな意味があっただろう。


「――坂下先生を殺したの？」


彼に触れたまま聞くと、雄大がゆっくりと目線を上げて私を見た。

動揺した様子はなく、瞳にも表情が見られない。温かいお湯の中で、私の手は彼から離れた。雄大は止めなかった。気怠《けだる》く甘い、けぶった空気が晴れて、互いの顔がはっきりと見えていく。


「殺してない」と彼が言った。

その声が多くの矛盾を孕《はら》むことに、彼がどこまで気づいているか、わからなかった。

「殺してないのに疑われて、こんなふうに逃げる羽目になった。もし捕まっても、正直に言うよ。殺してないって」

「じゃあ、どうして逃げるの」

「このままじゃ、心の準備もできないまま捕まって、犯人扱いされる。だから――」

「嘘でしょう？」

出てくる私の声は冷静だった。悲しかった。彼は多分、私に嘘をついているという自覚すらない。彼の中で正しいことこそが真実で、雄大にとって、自分の真実以外のものは、それがたとえ現実であっても悪なのだ。

雄大はあっさりと黙った。しばらくして出てきた言葉は罪を認めるものではなかった。

「俺がやったっていう、確かな証拠はないと思うんだよね。誰にも見られなかったし、指紋も拭き取ったし。——ほら、俺、あの部屋、卒業の関係で何回も行ったことあるから、たとえどっかから指紋が出てきたところでそんなの証拠にならないしさ。言われても、絶対に認めない。あんなヤツのために人生がダメになっちゃうなんて冗談じゃないよ。捕まって拘束されても証拠不十分で絶対に釈放される。俺、自供なんて絶対にしないし」

絶対、というのは行き止まりを自分でも悟っている時の彼の常套句《じょうとうく》だ。話すことで、彼の頰に赤みが差し、口調が勢いを取り戻していく。

「取り調べで足止めくらうのは時間がもったいないけど仕方ない。ああ、ただでさえ医学部に入るのに人より時間かかってるのに、俺、何やってるんだろう」

「——殺人容疑がある人が、医学部に入れるの?」

雄大がきっと私を睨《にら》んだ。

「認めないって言ってるんだから大丈夫だよ! だいたい一人殺しただけじゃ、死刑にだってならないんだよ」

こうなってもまだ、透明な夢を泳ぐ彼の姿勢にはぶれがなかった。どういう人か知っているから、もう驚きはしない。しかし、人の死も事件も、取り返しのつかない一線のように思えるのに、当事者にその認識がないことを皮肉に思う。

「だったら逃げちゃダメだよ」と私は言った。

「逃げてると、それだけで警察の心証だって悪くなる。戻らなきゃ」

「――考えさせてよ」

不機嫌そうにむっつりと唇を引き結ぶ彼の顔を見て、思いがけず、自分の母の顔を思い出した。現実的に夢を見ることを勧め、私を地元に戻した母は、私がこの人と付き合っていたことを知ってどう思うだろう。彼に会うまで迷いなくここに来ることしか考えなかったのに、彼のいる世界と母のいる世界の、どちらが清潔なのかわからなくなる。自分の居場所がどっちなのか、わからなくなる。

その夜、雄大は初めての時のように何度も萎えた。

私を抱きたがる彼のペニスに痛いほど血が送り込まれているのがわかるのに、急にできなくなって、それでも何度も何度も、繰り返す。イッたふりをしてもうやめて欲しいと訴えると、「俺まだイッてないよ」と歯がみするように言う。私はぼんやりと、一見新しいが、よく見ればあちこちに染みが滲《にじ》んだ天井を眺めていた。学校を早退して駅まで走った自分の息づかいの記憶や、その時に抱えた決意が、大輪の花がゆっくりと萎《しお》れるように崩れていくのを感じていた。

ああ、と、目を開けているのに視界が真っ暗になる。

浅い眠りに落ち、夜中に目を覚ますと、横にいる雄大の身体が微かに揺れていた。衣擦れの音が聞こえる。私は薄目を開けて、一人きり私に背を向け、自分の性器を単調な動きで、イライラとこする彼の後ろ頭を見つめた。

チェックアウトの時間までにどうにかしてもう一度眠ろうと目を閉じたけど、いつまでもいつまでも神経質な音の揺れは、終わらなかった。

9

会った後のことを、私は本当に考えていなかった。

彼に会いさえすれば、後は私に決める権限すらなく、きっと事態が動いてくれるに違いない。彼が私を連れて逃げてくれるか、私の勧めに応じて警察に出頭してくれるか、どちらかだと、期待していた。

だけど、彼が私に求めたのは第三の道だった。

彼はまだ逃げ続ける、と言った。そして、お金を貸すよう頼み、あろうことか、私に、帰るよう促した。

はっきりと帰れと言ったわけではない。だけど、あからさまに、来てしまった私の始末に戸惑っていた。一人になることの寂しさと、私から非難される徒労感が彼の中で曖味に溶け合い、せめぎ合っている。

いつまで逃げるのか、逃げ切れると思っているのかどうかは知らない。――だけど、あなたに会いに来た私は、確実に罪を被《こうむ》る。

「私も一緒に行く」

声が出ていた。ここに来るまでの間に自分がした決意の中味を思ったら、情けなくて涙が出そうだった。後戻りできないのは私も一緒だ。

あなたが最後に私に会いたいと望んだのは、愛してると言ったのは、セックスがしたかったからなのか。気持ち良くなれないと知ったら、いらなくなったのか。

ついてくる私を、雄大は積極的にそれ以上追い払うことはしなかった。

私は私で、決断した後から、すぐに嫌気が差した。

このホテルの支払いは、きっといつもの通り私がすることになる。自分が財布から一万円札を出すところを、――これからも出し続けるところを想像したら、たったそれだけのことにいとも容易《たやす》く、たまらなくなった。

「――私が全部お金出すのを当然だと思ってるんだ？」

部屋を出て、帽子を目深に被った雄大に声をかけると、彼はぎょっとしたように私を見た。今更なんだ、と責められても仕方ない。だけど、止められなかった。

「これまでもずっと、そうだったよね」

「だって、俺は働いてないんだよ。しかも今はこんな時だし」

「累計すると結構な金額になるよ。前からずっと、本当はそう思ってた。私――」

「じゃあ、いいよ。払わなくても」

雄大がむきになった声を出し、廊下の端にある非常口の方へ歩いて行く。重たい扉を開けた。

「一緒にだって、別に来なくていい」

鉄錆《てつさび》だらけの、もうずっと人が使った形跡のない非常階段の下から、冷たい風が吹きつけてくる。ホテル代を踏み倒して、ここから逃げようとしているのだ。

一緒に逃げるなら、これから先、私が下ろして持ってきたなけなしの資金だって、きっとあっという間になくなってしまうだろう。金を払わず逃げるのも、確かにいいかもしれない――、彼を追いかけ、非常階段の踊り場を踏み、下りようとする彼の細い背中を見たら、だけど、急に冷静になった。

「待って。やっぱりお金は払った方がいいよ。不審に思われて、警察呼ばれるよりも、そっちの方がいい。私が、払うから。――ごめん」

雄大が、こっちを振り向いた。目がまだ、拗《す》ねた様子で私を睨んでいる。

彼の愛らしく整った顔立ち、私に構って欲しくて全身で不機嫌を表す立ち姿を間近にした途端、私ははっとして、唇を噛みしめた。

――私は、何故、謝るのだろう。こんな時でもなお、この人に。

雄大が、階段を戻ってくる。「じゃあ、お願いするよ」と私の目を見ずに言った。

「ねえ」

風が吹いていた。

私の横髪を攫《さら》い、頬を強張《こわば》らせる風は鋭く尖って冷たかった。それに煽《あお》られたように、喉の奥が熱くなっていく。金属の板でしかない階段の踊り場に立つ自分の足を、急に心許《こころもと》なく感じた。

「私じゃ、ダメなの」

初めて聞いた。

雄大が、意味がわからないのか、怪訝そうに私を見る。

「あなたの夢は、捨てられないの？　無理だよ。叶わないよ。雄大、才能がないんだよ。何年も勉強して、しかもこんなことになって。医学部なんていけるわけないじゃん。雄大の人生は、もうおしまいなんだよ。あなたの思い通りにはならない」

彼が目を見開き、凍りついたようにその場で固まる。私はやめなかった。

彼がどうすればいいのか、わかる。

たった一つ。自分以外の者に執着すればいい。夢以外に失うのが嫌な、大事な何かを作れば、誰かを愛しさえすれば、幸せを感じることが、きっとできる。

それは、私じゃダメだったのか。

最初に休学を迷った時、「私と一緒にいたいから」と言った雄大は、だけど、その後の人生を私のせいにはしなかった。私を理不尽にお気に入り扱いした坂下先生を彼が殺《あや》めた理由だって、私には何の関わりもない。

それらが全部、私のせいだったらよかったのに。

雄大から、私のせいだと罵られ、責められたかった。人のせいにしないのは、潔いからではない。それは、彼が私に興味を持たず、執着していない証拠なのだ。

私が、雄大にとって執着するに足る唯一無二の相手かどうかはわからない。そもそも私にとってだって、この人が唯一無二の相手かどうか、わからない。けれど、それでもこの気持ちと願いを、愛と呼んではいけないのだろうか。

「一緒に警察へ行こう。雄大が捕まっても、罪になっても、私は雄大が好きだよ。ずっとそばにいて、離れたりしない。だからもう、夢とか理想だけのきれいな世界の話をするのはやめて。現実を見て」

「うるさいっ！」

雄大が叫んで、次の瞬間、すぐ目の前に近づいた彼の手が視界の真横で弾けた。強い力で叩かれた頬が熱い。怯《ひる》むと、髪を引かれた。顎のすぐ下に雄大の右手が伸びて、摑まれると、ぐえっと蛙の鳴き声みたいな息が洩れた。

首を絞められた瞬間、すべてのことがやけにゆっくりと流れて見えた。

階段の一段一段の輪郭、私を睨みつける雄大の顔、険しい目、むき出しにした歯、伸ばしている腕の痙攣《けいれん》するような震えの一つ一つが濃く、はっきりと目に飛び込んでくる。

胸の奥で、長い息を吐く音が聞こえる。苦しい。痛い。感覚はもちろんある。だけど、痺れ始めた意識の中で、私はそうだ、こうなればいい、と願っていた。

私にはもう、こうするしかないんだから。

雄大に殺されたって構わない。

愛じゃなくたって構わない。私の世界はこの人に支配されて、私の心はいつまでも大学時代の夢の中に置き去りだ。雄大しかいなかった。見ていなかった。

——雄大が、はっとしたように手の力を緩めた。

いっぱいに締め上げられた喉にわずかな隙間が空いた。空気が入ってきた瞬間、自分でも驚くような大きな咳が出て、私はそのまま咳き込んだ。その激しさに圧倒されたように、雄大が手を離す。私は階段の踊り場に座り込み、思い切り空気を吸い込んだ。

雄大が、そんな私を見下ろしている。それがわかっても、私の咳はまだ止まなかった。

次の瞬間、頭上に落ちてきた声に、私は耳を疑う。絶望的な気持ちになる。

「ごめん」

雄大が謝った。自分がしてしまったことに戸惑うように立ち尽くし、そして、私をその場に置いて、逃げるように、今度こそ階段を駆け下りていく。

「待っ……」

声が途切れた。咳をしたことで滲んだ涙が、今度は明確な感情によって溢れていく。

私はどこまでも、彼の人生の埒外《らちがい》なのか。

清潔で清く理想的な、彼の夢。夢を見る才能と力。そんなものを生かせる場所は、この世界のどこにもない。あなたは、どこでも生きられない。

不意の衝動が胸を満たした。

「見てよ！　雄大」

力の限り叫ぶと、階下の雄大が足を止めた。それまで響いていたカンカンと金属を踏む音が消える。風がひっきりなしに吹きすさぶ。このまま顔を下に向けてしまったら、できない気がした。見てよ見てよ見てよ。叫んで、階段の手すりを摑み、立ち上がる。

「見てて。――あなたが私を殺すんだから」

雄大が息を吞んだ表情をしながら「未玖」とようやく、私を呼んだ。下から上がってこようとするけど、私の動きの方が一瞬早い。

踊り場の低いフェンスに足をかけ、目を閉じた。

息を止め、階段から身を乗り出した時、雄大がこっちに向けて手を伸ばしたような気がした。だけど、身体は彼の指をすり抜けて、落ちていく。

一人殺しただけじゃ、死刑にならない。

雄大の声を思い出しながら、どうか、と祈る。こんなに混じりけのない、清く安らかな気持ちになるのは久しぶりだった。それは、かつて何度も想像にふけった、夢の世界の心地良さだった。

どうか彼が死刑になりますように。

どうか彼が、死刑になりますように。

あなたが生きる世界は、この世のどこにもない。

目を開けて上を見ると、彼と目が合った。ひどい目の色をして、上から、助けを求めるように私の方に手を伸ばしている。それは、幻想か、私の希望、だったかもしれない。

君本家の誘拐

1

手にとっていたヘアゴムを棚に戻し、ふっと横を見るとベビーカーがなかった。

え、と後ろを振り返る。そこにもない。

大型ショッピングモールに入ったショップの一つ『ミミー&サリー』は、アクセサリー用品を並べた棚を廊下に向けて設置してある。店内をゆっくり見ることはめったにないが、この棚の前でなら、今日のように足を止めたことが、これまでもよくあった。

咲良《さくら》が生まれてから、外出する時は四方のどこかを見回せば、常に胸の高さに圧迫するようなバーの存在感があった。エスカレーターに乗る時も、エレベーターを使う時も、通路を歩く時でさえ、ベビーカーのスペースを確保できるかどうかをいつも気にしていた。それぐらい、ベビーカーは、今の君本良枝《きみもとよしえ》の身にぴったりとくっついた存在であり、買い物の途中で離したことなど、これまで一度もなかった。

「え？」

声が、今度は喉をついた。自分の声を聞きながら、口元が強張《こわば》り、笑うように引き攣《つ》っていく。

ナナホモールの明るく広い通路のわきで、良枝は首を前後左右に振り動かす。

いけない、どこかに置いてきちゃったのかしら。

思うことが、どんどん声に出る。すぐにもベビーカーを確認し、咲良の寝顔を眺めたかった。いけない。私、きっと、『ミミー&サリー』の中に置きっぱなしにしちゃったんだ。

どれも一万円しない安い服が並んだ陳列棚に挟まれた通りをひとつひとつ、そこにベビーカーがあるに違いないと確信しながら覗き込む。小さい店だ。けれど、すぐにも目に入るはずのベビーカーはどこにもない。それまで背中をうっすらこすり続けていた不安が一気に本物になった。

ない。

慌てて、レジに駆け寄る。ギャル風のメイクをした茶髪の若い店員に「すいません」と話しかける声が上ずって震えた。

「すいません。ベビーカーを見ませんでしたか」

きょとんとした表情を浮かべた店員の、頼りない雰囲気に気が焦《じ》れる。ひょっとして、さっきまで自分がいた廊下にあるのかもしれない。ないと思ったのは、勘違いだったのかもしれない。ああ、どうか、そこにあってくれますように。今の一分一秒がひとときも無駄にはできない大事な時間である気がして、悲鳴が出た。

「ベビーカーです！　店内にありませんでしたか？」

言いながら、足先が店の外に向く。振り返り、レジの正面を向いたマネキンがシフォン素材のブラウスを着ているのを見て、ああ、と絶望的な気持ちに襲われる。授乳に便利なように、前開きの服があれば最近は敏感になっていた。店内に入れば絶対に目に入るはずの、このブラウスを見た覚えがない。私は今日、『ミミー&サリー』に入らなかった。外の棚を見ていただけだから、ベビーカーはこんな見当違いな場所にあるはずがない。

階段部分が吹き抜けになったナナホモールの天井はガラス張りで、眩《まばゆ》い光が雨のように降り注いでいた。その下では一定間隔に並んだ蛍光灯がさらに皓々《こうこう》とこちらを照らしている。一点の曇りも許さないような明るさの中で、人通りの少ない平日昼間の通路のどこにもベビーカーはなかった。同じような店舗が左右にいくつも続く、長い長いクリーム色の床を踏みしめる足が竦《すく》んだ。どうしよう、と声が出た。どうしよう、どうしよう、どうしよう。

「赤ちゃん、乗ってたんですか？」

さっきの店舗から出てきたギャル店員が、背後から良枝に声をかける。どうしようどうしようどうしよう、頭の中がぐちゃぐちゃにかき混ぜられた状態のまま、良枝は「うん」と頷《うなず》いた。

赤ちゃん。

ギャル店員の口から出た言葉に触発されて、さっきまで見ていたはずの咲良の柔らかい口元や三角に尖った顎や、抱きしめた時のあったかい背中を思い出したら、咲良ぁ、と泣き声が出た。

誰かに連れて行かれたんじゃないか、と思い当たった途端、凍《い》てつくような恐怖が全身を包み込んだ。ついこの間、スーパーの幼児用スペースから子供が攫《さら》われたニュースを見たばかりだった。顔から血の気が失《う》せるのと一緒に、意識がすっと遠のく思いがした。

気がつくと、そばに警備員がいた。制服姿の初老の男と、若い男と、二人だった。年上の警備員の腕に「探してください」としがみつくと、右手と左手の薬指が不自然に曲がった。慢性になった腱鞘炎《けんしょうえん》のだるい痛みに刺激され、曲げたままのその指が、今度は開かなくなる。出産してすぐになったバネ指という症状だ。朝目覚めるたび関節に違和感と痛みが走ることを、モーニングアタックというのだと医師に先週説明されたばかりだった。咲良の頭を繰り返し、痛むこの指と手首で支えていたことを、その積み重ねだった。

まず左手が、次いで右手がこうなったことを思い出し、胸が張り裂けそうになる。

「ついさっきまではあったんです。咲良を乗せたベビーカー。目は、離してなかった。本当に一分も離してなかったと思います。だけど、ないんです。どうしよう、どうしよう」

数時間ごとに夜泣きで起こされる細切《こま》れの睡眠のせいで、視界はもう何ヵ月も、常にうっすらとした靄《もや》に覆われている。探してください、と言い続ける。私も探しますから、と叫ぶ。目の下にたまった白く濃い靄がさらに膨らみ、頬も喉も、顔全体が熱くなっていく。

ナナホモールの支配人だという眼鏡の男性が現れ、「大丈夫ですか」と良枝の肩に手を置いた。案内された従業員控え室で椅子に座ると、足はもう二度と立てないくらいにがたがた震えていた。俯《うつむ》き、しかしその一方で、すぐにでも外に探しに駆け出さずにはいられない気持ちになる。けれど、だだっ広いこのモールのどこを探すのが正解なのかわからなかった。こんなに明るくて、従業員もたくさんいるのに、咲良を乗せたベビーカーは見つからないのだ。

「誘拐かもしれませんね」

支配人が言った。目を見開いて顔を上げた良枝に、彼がしまった、という表情を浮かべてすぐに唇を閉ざし、「探していますから」と続けた。

「警察に届けましょうか」

自分が何に巻き込まれているのか。我が身に起こっていることが信じられなかった。ベビーカーからは離れなかったはずだ。自分は絶対に、そんなことはしなかった。一瞬だった。一瞬のうちに、良枝の手から咲良はすり抜けてしまった。

今朝も、昨日も、一昨日も、毎日のように咲良から離れたいと願っていたことを後悔した。急《せ》かすような泣き声を背に受け、ミルクを水で冷ましながら怒鳴ったことを後悔する。ひとりの時間が欲しいなんて、思わなければよかった。

もう二度と、あの子から離れたいなんて思わない。

ふみゃあふみゃあ、と猫のように泣く咲良の声。青白く澄み切った目も、まだろくに地面を踏んだことがないすべすべの足の裏も、さっきまですぐそこにあったものが、自分の一部であったはずのものが、今そばにないことが信じられなかった。

お願い、探してください。良枝は泣き、懇願する。

家族に連絡した方がいいんじゃないかと支配人に勧められ、良枝はのろのろとバッグを探す。携帯電話を持ってきていないことにそこで気づいた。携帯メモリの電話帳がなければ、夫も、実家の母のものも、電話番号がわからなかった。唯一空《そら》で言える実家の固定電話にかけると、不在らしく誰も出なかった。

肩から力が抜けて、見える世界が、目を開けているのにずぶぬれの雨の中にいるように暗く色を変えていく。良枝が電話する間、警備員が部屋に入ってきて、咲良が見つかったんじゃないかと腰が上がる。だけど、彼の険しい顔は申し訳なさそうに良枝を見ないまま、支配人に小声で何か話しかけるだけだった。警備員との話を終えた支配人が、良枝の方に戻ってくる。

「つながりませんか?」

「夫の携帯番号が、家に戻らないと、わからなくて」

どうしようどうしよう、とただ泣き声が出て、洟《はな》を啜《すす》り上げる。首と頬に立った鳥肌が、さっきから収まらなかった。支配人の目が気遣うようになる。

「どうでしょう。一度ご自宅に戻って連絡されてきては。こちらは我々で全力を挙げて探していきます。管理会社に連絡して、防犯カメラの映像を今から確認します」

自宅がここから車で五分の距離だということはすでに伝えてあった。もともと、その立地の良さが気に入って購入した物件だった。

この場を離れることには抵抗があったが、防犯カメラ、という言葉を光明に感じた。それを見れば、きっと咲良の居場所はすぐにわかる。今こんなに、死にそうな気持ちで心配し、恐怖する良枝を嘲笑《あざわら》うように、あの子はひょっこりと見つかる。

お願いします、とまた頭を下げた。どこにどれだけ設置してあるかわからないが、カメラには、きっとなくなる直前の咲良のベビーカーが映っている。あるいは、それを攫った犯人の姿とともに。

犯人、と言葉にして考えたことでまたぞっと首が竦んだ。

咲良は見も知らぬ相手に連れ去られ、今どこでどうしているのだろう。まだ生後十ヵ月だ。人見知りが始まっていたが、それでも見知らぬ相手に気まぐれに微笑んでしまうことがある。目眩《めまい》がした。知らない誰かとともにいるあの子を思うと、気が狂いそうになる。あの子に何かあったら生きていけない。

学《まなぶ》の声を聞きたかった。咲良を知っている誰かに、一刻も早く会いたかった。お願いしますお願いします、と何度も頭を下げて、車まで全速力で走った。

どうか、誰か、神様。

全身に走る重だるい筋肉痛を押して、心の中では叫ぶように祈っていた。祈る声が、嵐の中で鳴る風や高波の音のように響いて、頭の芯を麻痺《まひ》させていく。

咲良を返してください。あの子のためなら何でもする。あの子がこの手に無事返ってくるなら何でもする。絶対にもう二度と、手離したりしません。大粒の涙がぼたぼたと頬を滴《したた》り、スカートの上に落ちた。ハンドルを持つ手が汗と涙で濡れる。空っぽのチャイルドシートを後部座席に積んだ軽自動車を、家に向けて走らせる。

2

良枝は、ずっと、子供が欲しかった。

二十六で結婚した同じ年の学とは、結婚してすでに三年が経っていた。

その頃、とある地方のデパートで、三歳になる女児が「トイレに行く」と言ったまま両親と別れ、行方不明になるという事件が起きた。警察は公開捜査に踏み切ったが、女の子は一週間もしないうちに近所の川で遺体となって発見された。変質者による誘拐だった。犯人の男は地元の会社員で、いたずら目的で女の子を連れ去り、顔を見られていることを不安に思って殺してしまったのだと報道された。

小さな子供から目を離すなんて親が無責任、と意見を言う人もいたようだが、犯人は蛇のような執拗《しつよう》さで三時間以上も女子トイレの前で獲物にできる子供を待ち続けていた。

そんな悪意の前に、親を責めることなんて誰にできるだろう。

どうせ殺してしまうなら、どんなにか返して欲しかったろうと、良枝は、かけがえのない自分たちの子供を失った夫婦に同情した。

だけどその一方で、もし私だったら、とも考えたのだ。私が子供を授かったなら、絶対に片時も目など離すまい。もしも、子供が自分の元に来てくれるのだとしたらどんなことでもする。生まれてきたら、自分のことは全部犠牲にしても構わない。だから、どうか子供を授けてくれ、と毎日のように祈った。

こればっかりは思うようにならないよ、と言った学の軽い声を、良枝は今でも忘れることができない。


高校時代からの友人である天野千波《あまのちなみ》の結婚式で、同じクラスだった照井理彩《てるいりさ》と久々に会った。式が始まる前に通された控え室でウェルカムドリンクを飲む間、理彩の口から発せられた言葉に、良枝は仰天《ぎょうてん》した。

「彼は子供早く欲しいらしいんだけど、私は仕事がまだあと三年は忙しいし、待ってもらってる」

理彩は女性誌でよく名前を目にする海外ブランドの青山店に勤めていた。売り上げの成績がいいとかで、就職して三年目にはすでに肩書きが主任になったという話を聞いたことがある。

良枝は戸惑いながら顔を上げた。

「珍しくない？」

「何が」

「普通、子供が欲しいって言っても旦那さんの方が嫌がったりしない？　うちは全然乗り気じゃないよ。自然に任せて、まだいいんじゃないのって」

「え、そう？　私の周りは逆だよ。うちみたいに旦那さんから急かされて大変ってみんな言ってる」

理彩が驚いたように答える様子に、胸が重たくなっていく。自慢するつもりではないのかもしれないけど、惚気《のろけ》に聞こえた。彼女と、彼女の友人たちがその幸福に無自覚でいるとしたら、そこまで含めて嫌味に思える。「いいなぁ」と思わず声が出た。理彩が首を傾げる。

「意外。良枝の旦那は付き合ってる時から彼が良枝にメロメロって感じみたいだったし、子供、早く欲しそうなタイプかと思ってた」

「そんなことない」

同じ大学で知り合った学は、確かに最初こそ向こうの方から熱心に交際を申し込んできたけど、同棲するのだって結婚だって、切り出したのは良枝からだった。いつだって、何か段階を踏むにあたっては、急がなくてもいいんじゃないの、まだ早いんじゃないの、と緊張感が薄いのだ。

理彩は、結婚も良枝より遅かった。一年は経っているだろうけど、彼女の式に出たのはまだ最近だという気がする。

手にしたカクテルを手持ち無沙汰に回し、ロココ調のクッションの厚い椅子に腰掛けながら、落ち着かない気持ちになる。

ちょうど、会社でも同期の坂井真実《さかいまみ》のできちゃった婚の報告を受けたばかりだった。彼女の結婚を〝Ｗハッピー〟だと言ってみんなが祝うことも、彼女が産休を取るにあたり、抜けた穴を埋める派遣社員の採用手続きを上司たちが始めていることも、良枝は、肩身が狭い思いで眺めていた。

「あ。じゃあ、良枝自身はそろそろ考え始めてるんだ、子供のこと」

黙ってしまった良枝に、理彩が話しかけた。良枝は頷き、もうずっと欲しいのだ、と思う。

結婚した当初は、確かにまだ先でもいいような気がしていた。その気持ちがいつから〝ずっと〟になったのかは、良枝自身わからなかった。

周りでは、ベビーラッシュ、マタニティラッシュだった。友人の間で、良枝の結婚は早い方だった。それなのに、自分より遅く結婚した子たちから『赤ちゃんができました』『妊娠しました』と笑顔の絵文字入りのキラキラしたメールが届く。最初の一、二回は心から祝福できていたけど、そういうメールをもらうたび、次第に相手から露骨な自慢をぶつけられているような、向こうも遠慮しながら自分にメールをしてきているような、そんな疑心を抱くようになった。

茨城にある学の実家で親と同居する兄夫婦には、三歳になる姪っ子がいる。学もその子のことはとてもかわいがっていた。それなのに、兄嫁の皐月《さつき》は、台所の換気扇の下でタバコを吹かしながら、遊びに来た良枝に向けて「子供なんて産むもんじゃないよ」と平然と言い放った。「夜も遊びに行けなくなっちゃったし、毎日やることだって山積み。良枝ちゃん、身軽なの今のうちだけだよ」

そうですか、と応えながら、内心はなんて無神経な人だろうかと憤《いきどお》った。愚痴るだけ愚痴って、皐月は地元の同級生たちとちゃっかり飲みに出かけていくし、〝山積み〟なはずの育児や家事だって大部分を姑に頼っている様子だった。母親に構われない姪っ子は、寂しいのか、学と良枝が実家に来るたび舌足らずな声で「遊んでぇ」とまとわりついてくる。最初の頃は、実家に行くたびに子守をさせられるのかと閉口したこともあったが、懐《なつ》かれるとそれはそれで嬉しいもので、良枝たちも、姪っ子会いたさに実家に足を運ぶ機会が増えた。

兄嫁に代わって姪っ子を添い寝で寝かしつけながら、自分の方があの人よりもよほど母親に向いているのに、と感じた。このかわいい子を置いて、どうして遊びになど行けるのだろうか。

けれど、深夜になって、帰宅した兄嫁が玄関で靴を脱ぐ音がすると、寝ていた姪っ子が目覚め、「ママ!」と健気《けなげ》な声をあげて皐月の方に駆け寄っていく。その様子を見て、一人残された布団の上で、胸がきゅっとなった。

「自分の子供はもっとかわいいものよ」

良枝が姪っ子の相手をしている横で、姑がよく言った。

舅も姑も、自分たちに子供のことをよく尋ねた。特に急かすという感じではなかったし、彼らは、孫が増えればこの場がさらに楽しいだろうと、素朴な希望を口にしているに過ぎない。わかってはいたが、罪のない気楽さに気が滅入った。

兄夫婦のところで第二子の妊娠がわかったのは、この間の正月だった。そうやって意識してみると、世の中は、少子化なんて言葉が嘘のように妊娠と出産のニュースばかりだ。

思い出したら、夫の前では出なかった涙が目の端に熱く膨れた。

いけない、と思って目頭《めがしら》を押さえ顔を覆う。理彩が驚いたように「ちょっと、良枝」と隣の席を立ち、良枝の腕を取った。良枝はいやいやをするように無言で首を振る。

「そろそろ会場にお入りください」と式場の従業員が案内する声が聞こえた。理彩が困ったように「披露宴、始まっちゃうよ」と囁《ささや》いてくる。だけど、涙が止まらない。

「今年中にできないと、仕事も、産休と育休を取りづらくなるの」

良枝は打ち明けた。

今の部署は経理の事務職で、前の営業と違って残業も外回りもない。子供を産んでから復帰するにあたっては理想的だと考えていた。産休育休に入った後で派遣社員を頼んで対応してもらうのにも、四月の異動時期に合わせてもらえば、同僚たちへの負担が少なくて済む。次の異動でもっと忙しい部署に飛ばされてしまったら、とても休みを言い出せるタイミングはなくなる。

いつが一番職場の迷惑にならないで済むのか去年からずっと考えていたのに、同期があっさりと産休に入ろうとしている。彼女と自分の部署は違うが、同じ年に産休を取ることになれば、それだけで上司や同僚たちの良枝への心証は悪くなるだろう。先を越されたことで、自分だけが理不尽に貧乏くじを引かされた気になる。

もう、九月だ。

理彩に連れられて披露宴会場に向かう途中、良枝は話し続けた。理彩が心配そうに顔を覗き込みながら、うん、うん、と相槌《あいづち》を打って話を聞いてくれる。話しながら、そうだ、私は話したかったんだ、ずっと追い詰められていたんだ、と気づく。

「病院に通ったりはしてるの？」

着席し、躊躇《ためら》いがちに尋ねる声に、頷いた。

「もし私に問題があったらと思って、一応。でも、検査したら、特に問題はないらしくて、お医者さんにも自然に待ってみたらって言われた。それで無理だったら、その時には旦那さんにも来てもらって、もう一段階、さらに積極的になってみましょうかって」

最初に病院に行った日から、基礎体温をつけ始めた。だけど、毎朝、急いで枕元に手を伸ばして体温計をくわえる良枝の横で、学は他人事のように眠ったまま起きない。病院への通院はまだ二回しただけだが、そのどちらも良枝が会社に遠慮しながら時間休を取って一人で行ったのだ。

「じゃ、とりあえず問題が見つかったわけじゃないんだ」

「でも、それって逆に言えば、問題があれば治療することになるけど、自分の力じゃそれこそどうにもならないってことでしょ？」

妊娠に向けて、夫にも努力して欲しいと何度も頼んだ。健康に気をつけ、禁煙し、毎日のビールも控えて欲しいと言ったのに、隠れてこっそりタバコを吸っていることを良枝は知っている。

「良枝はさ、昔から人生設計が階段階段って感じで、踊り場がなかったのかもしれないね」

「どういうこと？」

理彩の顔に苦笑のような笑みが浮かんでいた。

「誰かと付き合いたい、──付き合った。付き合ったら一緒に住みたい、一緒に住んだ。住んだなら結婚したい、結婚する。常に先へ先へって進む感じで、その段階段階の遊び部分になる踊り場がない気がする。私なんかは子供への願望も薄いから、いまだに踊り場を楽しむことしか考えてないけど」

理彩が言う意味がよくわからなかった。誰の人生だって、先に先に、前へ前へと進んでいくのが普通だろう。

「今は良枝の人生にとって、初めての踊り場なんじゃない？　思うようにならないことはストレスかもしれないけど、だったら二人だけの時間を楽しむとか。このままだと、結婚したから子供、子供が生まれたからマイホームってふうに、また階段をのぼることしか考えられなくなっちゃうよ」

「あ、家についてはもう考えてるよ。子供のことばっかり考えて煮詰まっちゃうなら、まだ早いかもしれないけど、そっちについて考えてればって、学が言って」

家について考えることは、確かに気晴らしにはなる。けれど、子供部屋の位置や広さを考え、気持ちが高揚した次の瞬間に、そのあてがまだないことを思って落ち込むのだ。

理彩が口を噤《つぐ》む。また、涙が出そうになる。

ひどいと思わない？　と顔を覗き込んだ良枝に、理彩は曖昧《あいまい》に微笑んだ。しばらくして、運ばれてきたワイン片手に「だけど」と言う。

「良枝の会社、福利厚生しっかりしてるね。産休育休、しっかり取れるんだ？」

「産休が出産二ヵ月前からで、育休は希望出せば最大で三年取れるけど」

「そんなに!?　いい会社だね。その間、良枝の抜けた穴はどうなるの？」

「派遣さんを雇って、繋《つな》げてもらうことになってるけど」

健康と美容を売り文句にした自然食材やその加工品を扱う大手の食品会社は、マクロビオティックやロハスという言葉のブームに押されたせいか、この不況でも売り上げを伸ばしていた。女性社員に優しい環境にあるのは、今の社長が女性だということも関係しているのかもしれない。しかし、話しているのはそんなことじゃないのに、とイライラした。

もっと話を聞いて欲しかったけど、その時、司会の女性が披露宴が始まる旨をアナウンスした。「あ、そろそろだね」と理彩が言う。

照明が落とされ、音楽とともに入場してきた新郎新婦に拍手を送り、「千波ちゃん、きれいだね」と理彩と話す。ウェディングドレスを着た花嫁にデジカメを向けながら、だけど、小さな画面に映る千波の姿に胸が騒いだ。あの子は保育士だし、子供が好きだとよく言っていた。子供ができるのも早いかもしれない。あるいは公にしてないだけで、もう、ひょっとしたら。

考えると、胸の奥からじわじわと不安が湧いてくる。

3

妊娠は、天野千波の結婚式から二ヵ月と三日後の、十一月十三日に発覚した。

ホルモン剤や誘発剤を使うことなく、医師の言葉通り、自然に待った結果だった。生理予定日を過ぎて、市販の検査薬で陽性反応が出た時、あまりに嬉しくて何かの間違いだったらどうしよう、とさらに一本試した。土曜日の夜だった。月曜日の朝、病院の開く時間を今か今かと待ちわびた。

不妊の相談に通っていた個人医院とは別の、ネットの口コミで評判のいい二駅先の総合病院の産科を受診した。超音波による内診の画面を見せられ、「まだまだこれからだね」と、白く丸い影を示す医師の声は、期待に反して心もとないものだった。

「まだ九ミリ。三週間ってところだね。問題なく育っていくとは思うけど、また二週間後に来てください」

心拍が確認できなければ、確定診断はできないらしい。妊娠ではないのか、まだ喜んではいけないのか、と当惑していると、医師が良枝の表情から何かを読み取ったか、とってつけたように「あ、おめでとうございます」と言った。

もっと、「オメデタですよ」と弾んだ声を受けられるものかと思っていた。けれど、それでも「おめでとう」と、一応は言われたのだし、きっと二週間後には確定できるはずだ。考えながら、だけどそこからの二週間を途方もなく長い時間に感じた。

家のカレンダーの今日の日付には、「受診一回目」と昨日のうちに書き込んである。病院から帰り、その下に「9㎜、3週間目」と追加で書いた。

一ヵ月目記念日、二ヵ月目記念日、三ヵ月、四ヵ月、そして出産予定日、とカレンダーのページをめくってすぐにも書き込みたい衝動に駆られる。その横に貼るシールだって、もうすでに用意できているのに。

二週間後の受診で見せられた画面では、前回見た丸い影が、平たく横に長くなっていた。心拍というのはドックンドックンとゆっくり動くのだろうと思っていたのに、実際はピクピクピクピクと、小刻みに速かった。

今度こそ「確定ですよ」と言われるかと思ったのに、大きな病院のせいか、診てくれたのは前回とは違う医師で、予《あらかじ》め良枝が確定診断されていると思ったのか、「次回に予定日を決めましょうか」とそっけなかった。大喜びするタイミングを取り上げられたまま、どうやら自分の妊娠は確定したらしい。

「予定日を決めるのがまた二週間後になるらしくて、それが決まらないとまだ母子手帳がもらえないの。ネット観ると、二回目の受診で予定日決めるお医者さんがほとんどらしいのに。まだ電車とかで見る〝おなかに赤ちゃんがいます〟のマタニティマークももらえないのかなぁ」

夫に言うが、学は「でも、よかったよ、よかった」と楽観的だった。単純に喜ぶその姿に、子供にそこまで積極的じゃなかったけど、この人もやっぱり嬉しいんだ、と幸せな気持ちになる。だけど、飛んだり跳ねたりして喜ぶわけでもない。

「これでもう風呂上りの缶ビールは二本に増やしてもらえるわけ？」

台所から、冷蔵庫を開ける学の的外れな声が響いてくる。

確定診断を聞いたから、というわけでもないのだろうけど、二回目の受診の翌日から、良枝はすさまじい悪阻《つわり》に襲われ始めた。結局出産まで、安定期だと言われる期間に入っても悪阻はずっと続いた。

良枝はもともと飲酒をほとんどしないからわからないが、二日酔いとは、ひょっとしてこういう気持ち悪さなのではないかと思う。胃のあたりが気持ち悪いのに、白米のようなしっかりしたものが食べたいような空腹感にも同時に襲われる。量が食べられないのに、こまめにおなかが空き、食べると食べないとにかかわらず、吐き気はひっきりなしにある。とにかくだるくて眠かった。会社から帰る途中の電車で急に貧血を起こして座り込み、駅員室に連れて行かれたこともあった。

子供がずっと欲しくて妊娠を待ちわびた、その喜びがなければとても耐えられないと、友人たちにメールする。妊娠とその経過を皆に報告できることが嬉しかった。

天野千波の結婚式で会った照井理彩に「うちのチビスケは6センチになったよ」と別件でやりとりしたメールに付け加えると、理彩から驚いた様子で「え!? 妊娠したんだっけ?」と返事が来た。あの時に相談したきり連絡していなかったんだと気づき「そうなんだ！ おかげさまで」と改めて報告する。

早く産休に入りたかった。

良枝の両親も、夫の両親も、良枝にできた子供をとても楽しみにしていた。学の実家に帰省すると、「イトコ」という言葉を教えられた姪っ子が、大きくなっていく良枝のおなかを「イトコ、いる?」とさわってきて感動する。姑も妊娠中の良枝を気遣い「八ヵ月までは仕事をしなきゃいけないなんて大変ね。良枝さんは頑張り屋だわ」といたわるような声をかけてくれた。

夫の実家で専業主婦をしている兄嫁と違って、良枝は赤ちゃんと暮らす新居だって自分たちで探さなければならないし、今後はそのためのローンだって払わなければならない。何も考えず、気楽な気持ちで妊娠していられるなんて羨《うらや》ましい。

産休に入るため、職場の机を整理している間、もうこれで一年間は働かなくなるのだと思ったら、これからの生活への期待に胸が膨らむ。その一方で、職場を去る最後の日は立ち去りがたく、寂しくて涙が出た。

夫の家にはすでに内孫がいるけれど、実家では良枝の子が初孫だった。里帰りして出産したらどうかという母親の勧めに従って、静岡の実家に帰り、母に調べてもらった評判のいい産院に両親の送り迎えつきで通う。車の免許は持っていたが、二人とも妊婦の良枝には、頑《かたく》なに運転させようとしなかった。両親の都合の悪い日には、タクシーで家まで帰った。

「予定日はいつなの？」

ある日、タクシーの運転手に話しかけられた。

マタニティマークがなくても、はっきりと大きくなったおなかを見て、周囲からよく声をかけられるようになっていた。

「もう、来月なんです」

「そうなんだ。うちのも夏生まれなんだけど、夏生まれの子は強くなっていいよ。男？　女？　もうわかってるの？」

「女の子です」

妊婦でいられる時間をいとおしく感じた。出産した友人たちは皆「あと少しだから、二人で一人の貴重な時間を楽しんでね」とメールしてくる。実際、子供が生まれてしまった後の忙しさは想像して余りある。

「楽しみでもあるんですけど、初めての出産で不安もあって」

答えると、運転手がバックミラー越しに良枝の姿を覗き、それから「大丈夫でしょう、みんなやってることだから」と言った。

「そうですよね」と答え、タクシーを降りた後で、かけられた言葉を反芻《はんすう》した。そうか、と一人で頷く。みんな、やってることだ。

東京で通っていた総合病院は妊娠中の栄養管理や体重制限が厳しかったが、古い考えの祖母や母たちは良枝に栄養をつけさせようと、毎日毎日品数豊富な母の手料理が食卓に並んだ。

こんなに大事にしてもらえるのだったら、ずっと妊婦のままでもいいのにな、とふっと思った。産休に入ってから初めて知った平日の昼間という時間を大事に感じる。産院の近くのイタリアンレストランで、受診の後、ランチしながら母子手帳や日記を書く。臨月のおなかを撫でながら、あと何回ここに来られるだろうか、とおしゃれな店内を見回して考える。母になる怖さも、決定的に生活に訪れるであろう変化も、覚悟していた。夫婦二人だけのデートやおしゃれなレストランでの外食は無理になるだろうし、美容院だって映画館だって、これからは自由に行けなくなる。

4

予定日を二日過ぎてやってきた陣痛は、十七時間続いた。背骨を割られるような痛みを経て、助産師に取り上げてもらった咲良の顔を最初に見た時の感動は、これまでの人生のどんな喜びにも代え難いものだった。かわいくてたまらなかった。私は今日から、この子の母親だ。汗だくになり、髪も乱れた出産直後の疲れが、咲良の泣き声ひとつで溶けだしていく。かわいいこの子の前には、レストランも美容院もショッピングも、全部が全部、取るに足らない些細《ささい》なことだ。何も惜しくない。これから数年を咲良に捧げることくらい、なんでもない。

咲良は誰が見てもはっきりと口にするほど父親似だった。良枝の二重とも、瓜実顔《うりざねがお》とも違う、一重瞼《まぶた》の丸顔。

子供の名前を咲良にしたいと良枝が提案した時、学が「え、うちもそういう名前にするの？」と言ったことに、良枝は驚き、それからがっかりした。

「そういう名前って、どういう意味？」

尋ね返す声が、自分のものではないように冷たく強張っていた。

「咲良は普通の名前でしょ？　かわいいじゃない。ずっと考えてたんだよ。最近よく見る、画数がやたら多くて、なんて読むのかわからないような名前はつけられた子がかわいそうだから、きちんと読める名前にしようって決めてたの」

「でも、その字でサクラってすんなりと読める人、少ないと思うよ。それに春ならともかく夏生まれだし、第一、その字で〝ら〟って読むの？」

「この読み方、知らないの？」

顔を顰《しか》める。定期購読している妊婦のための情報誌では、生まれた子供を写真つきで紹介するページがあるが、そこでは当たり前の読み方だった。夫の無知と、察しの悪さが憎らしかった。

「その〝ら〟は、良枝の良の字なんだよ」

女の子らしい、かわいい名前だ。良枝の中で、この子はもう咲良だった。ずっとそう呼びかけ、手帳にもそう書いてしまっている。

「別にダメだなんて言ってないけどさ」

慌てて、取り繕うように学が言う。今更そんなふうに機嫌を取るような声を出されても遅い。ケチをつけられたことが悔しくて、良枝はむっつりと黙ったまま、学に答えなかった。

学の言う、「そういう名前」がどんなものを指すのかはよくわかっているつもりだった。龍来亜《るきあ》とか乃絵琉《のえる》とか、画数が多くて難読な名前たち。虐待の嫌なニュースでもよく見る名前のように思っていた。本人がまだ子供のままといった感じの若い母親とか、内縁関係の夫とか、無職といったキーワードとセットになっていることが多い。テレビで教育関係の評論家だという人が「今の人たちは名付けもペット感覚なんですかねぇ」と話しているのを見たことがある。あんなのは一部の違う人たちじゃないか、と悔しかった。私たちの大事な子を、一瞬でもそんな人たちと同じように見たのかと思ったら、学が許せなかった。

生まれたばかりの咲良は、その時からすでに泣き虫で、入院中、夜はナースステーションで預かってもらった。

退院し、家に戻ると、良枝の両親も祖母も、孫でありひ孫である咲良をさっちゃん、さっちゃん、と呼んで、それこそ目の中に入れても痛くないようにかわいがった。暇さえあれば咲良と良枝が寝る部屋にやってきて、あ、とか、うう｜、という喃語《なんご》を話すようになった咲良を抱き上げ、顎の先をつまんで撫でる。こんなかわいい子は見たことない、と口々に言った。

出産後の産褥期《さんじょくき》をもっとゆっくり実家で過ごしたかったが、退院当初は「傷を負ったんだもの」と優しい言葉をかけてくれていた母親も、三週間が過ぎた頃から「一ヵ月過ぎたら家に戻るものだ」と厳しかった。

「学さん、たまには良枝を咲良と一緒に実家に帰してくださいね。良枝がカーッとなって、さっちゃんに何かしたら困るから」

母が冗談めかして言い、笑いながら自分たちを送り出した。あれだけかわいがっていた孫と離れるのは、母にとっても寂しくて仕方ないだろう。それでも学の元に娘を返そうという自分の両親たちの姿勢は、とても正しいものに思えた。

迎えに来た学の車の後部座席で、チャイルドシートの横に座り、遠ざかる故郷の景色を眺めながら、三ヵ月近く滞在した親元を離れる寂しさとこれからの生活への不安に心が揺れた。

泣き虫の咲良は、実家で過ごす一ヵ月間、夜は一時間置きに夜泣きをした。育児書やネットの情報では「徐々に間隔が開いてくる」とあった授乳時間も、一向にそうなる気配がなかった。実家では母が手伝ってくれた布オムツでの生活も、東京のマンションでは自分でいちいち洗える気がしない。途方に暮れる思いがしたけど、もう後には引けない。この子は生まれてしまい、そしてこれから良枝の助けを必要としながら毎日を生きる。赤ん坊との生活は、そんなふうな待ったなしのコミュニケーションなのだと実感する。

始まってしまった。

東京のマンションに戻ったその日のうちに「無事に帰れた？」と電話してきた母の声が、少しだけ涙ぐんで聞こえた。

「さっちゃんがいて、慌ただしくも楽しい日々だったわ」

電話している途中、横で泣き出した咲良の声を「聞こえる？」と受話器を近づけて聞かせると、母が「まだ一日しか経ってないのに懐かしい」と大袈裟に思えるほど喜んだ。

言葉がわかるわけでもないのに、電話の向こうから、咲良に向けて呼びかける。

「聞こえるー？　さっちゃん、ばあばだよ。さっちゃん、これから、ママの言うこと、よく聞くんだよ」

母の声が嬉しくて、良枝まで涙が出そうになる。「また電話するよ」と答えながら、自分はきちんとした家で育てられた子供だったのだと、ふっと理解した。

両親や祖母の咲良への接し方、可愛がり方、愛し方は、そっくりそのまま良枝が生まれた時のものなのだろう。自分は愛され、かわいがられ、彼らのお姫様だった。良枝は今、自分の娘を通じて、三十年近く前のその光景を見せてもらえているのだ。

5

ナナホモールの近くに買った3ＬＤＫのマンションは、一戸建ての実家とは比べものにならないほど狭く、広い庭の開放感とも無縁だったが、三人で暮らすには申し分ない広さだった。ただ、埼玉の郊外に買ったため、都心にある夫の職場からはかなり離れてしまい、必然的に学の帰りが遅くなった。

馴れるまでは大変だろうけど、と母たちに心配された新生活はまさにその通りで、良枝は、自分が新しい環境にいつまで経っても馴れる気がしなかった。

子育ては、良枝が育てられたような、大人数の田舎でするものなのかもしれない。良枝と二人きり、狭い家の中で暮らさざるをえない咲良がかわいそうで、帰ってきた最初の一ヵ月、何度も泣いた。

実家にいれば、規則正しい時間に起床し、母の用意する三食のご飯を食べ、手伝ってもらいながら咲良をお風呂に入れ、決まった時間に眠ることができていた。咲良もたくさんの家族に声をかけられてかわるがわる抱っこしてもらえていたのに、日々の家事に追われる良枝と、帰る時間がまちまちで同僚たちと飲んで帰ってくることも多い学だけでは、咲良の相手を満足にできなかった。実家ではみんなに取り合うように抱かれ、お姫様のような扱いを受けていたというのに。

暗い寝室で「ああああ、あああああー」と泣きながら手を伸ばして咲良が自分を呼んでいるのがわかっても、一度火にかけ始めた料理を途中で中断できない。平日の昼間、十分にあやして、授乳し、ようやく眠ったところをベッドに置いて、洗濯にかかろうとするとその瞬間に泣き出して、咲良がまた良枝を呼ぶ。熱があるとか、切羽詰まった状況にあるわけではないのだから、少しくらい放っておいても大丈夫だと頭ではわかっても、相手をしないでいることは、それだけで罪悪感が募《つの》った。

ごめんね、おばあちゃんたちに会いたいね、と実家を思い出しては涙が出た。

咲良の声は、大きかった。

特に、おなかが空いて授乳をせがむときの声はまるで恐竜で、良枝を脅《おど》すようにぎゃおお、ぎゃおお、と泣き叫んだ。「はいはい、今いくよー」「さっちゃん、食いしん坊なんだから」と咲良に声をかけるのも、その話しかけを聞くギャラリーがいなければ、自然と回数が減った。無言で、重たい咲良の頭を持ち上げ、痛む手首で身体を抱えながら、乳首を口に含ませる。定期的になる乳腺炎のせいで激痛が走る。けれど、母乳の分泌を促し痛みを緩和するためには咲良によく飲んでもらうしかない。乳房はいつも熱を持ってぱんぱんに張っていた。

ぎゃあああん、と泣く声が、頭の真ん中をびりびりと震わせる。そんな時は、鼓膜まで破れてしまいそうに思う。たとえ静かに寝ていたとしても、きちんと息をしているのだろうかと絶えず気にかかり、咲良を放ってテレビを観たり雑誌を見ている間は、なんだか自分が怠《なま》けているように感じられ、心は安まらなかった。そんな時は狭いと思っていたマンションの一室が、途方もなく広く感じられる。重だるい腕を引きずりながらも、授乳している間だけは、やるべきことをしている安堵《あんど》で胸がほっとする。

学の帰りは、毎日遅かった。

十時を過ぎて帰ってきた学が、ようやく眠った咲良のベッドに近づき「さくらー」と歌うように名前を呼んで抱き上げようとした時、思わず「いじらないで！」と声が出た。その前の寝かしつけに、添い乳に、どれだけ時間がかかったと思っているのか。その上、今夜だっていつ夜泣きで起こされるかわからないのに。

「疲れて帰ってきてるんだから、咲良を少しくらい抱っこして癒されたっていいだろう」

口を尖らす学に「だって」と答える。そんないいとこ取りなことばかり言って、許されるのだろうか。夜泣きで起こされても、完全母乳の咲良を泣き止ますことのできるのは良枝だけで、仕事があるから、と学は決して起きようとしなかった。それどころか「うるさいなぁ」と、ぼそっと呟《つぶや》かれたことさえある。寝言のように言ったけど、絶対に寝言じゃない。

一時間ごとだった夜泣きは、生後半年も経つと三時間に一度程度に減ったが、それでも赤ん坊は機械のような正確さできっかり同じ間隔で目を覚ます。添い寝した咲良が愚《ぐ》図《ず》る声を聞きながら、オムツ替えをしなきゃ、授乳をしなきゃ、と頭では考える。早く起きた方がいいのだろうけど、大声で泣くまでの間、もう少しだけなら寝ていてもよいだろうか。あと五分くらいなら――。

オムツ替えを済ませ、薬用の液体石けんで手を洗い、さあ、次は授乳だ、と寝室に戻って咲良を抱き上げたところで、一本調子の泣き声が少しも止む気配なく遠くから響き続けていることを不思議に思う。あれっと思って目を瞬《しばたた》くと、目の前に咲良の真っ赤になった泣き顔が飛び込んでくる。今オムツを替え、手を洗ったのは、立ったまま寝ぼけた自分が見た夢だったことに気づく。ああ、あとは授乳するだけだと思っていたのに、またオムツ替えするところから始まるのだ。そんなことが、毎日のように繰り返された。

スーパーのレジ袋をガシャガシャとこすり合わせる音が夜泣き防止になるとネットで読んだ。母親の胎内にいた時の心音や血液が流れる音と似ていて、赤ん坊はその音を聞くと安心するらしい。半信半疑ながら試してみると、あれだけ泣いていた咲良が面白いようにピタリと泣き止んだ。嬉しかった。まだ意思疎通がほとんどできない咲良が、初めて良枝に応えてくれたような気がした。おなかが空いていたり、あまりに愚図った時には効果がないが、良枝はこのことに気をよくして、レジ袋をこする音を録音し、パソコンでエンドレスに聞かせられるよう設定した。

「学も、こうすれば泣き止むよ」と教えると、夫は苦笑しながら「俺はいいよ」と首を振った。

「そんなふうに手を抜きたくないよ。きちんと抱っこしてあやすから」

腱鞘炎による手首の痛みが、ちょうど慢性的になった頃だった。朝起きると、左半身が石になったような、ひび割れた感覚に襲われる。妊娠中、妊婦は重たいものを持たないようにと気遣われていたものが、ひとたび出産すれば、毎日三キロもの赤ん坊を腕に抱くことになるのだ。生まれた時三一二五グラムあった咲良の体重は、二ヵ月で倍になっていた。

表情をなくした良枝に、学が慌てて「まあ、良枝みたいに毎日日中も一緒にいるんじゃ別だけど」と言い添える。

咲良との生活は、初めてのことづくし、緊張の連続だった。二人だけの家で一緒にお風呂に入ろうと思っても、まだうまく座れない咲良を自分が身体や髪を洗う間どうしておけばいいのかわからない。実家で沐浴《もくよく》用に買ったバスタブは、後に椅子にもなるというサイズの小さなものを選んでいたが、狭い洗い場に置けば、良枝が身体を洗うシャワーの水が咲良の頭上にかかってしまうし、第一、首がすわらないうちは、座らせるのだって抵抗があった。

結局、良枝が手早くシャワーを浴びて風呂を済ませ、その後、寝ている咲良を連れて行くという方法で一緒に入るしかなかった。最初の頃は、咲良を誰もいない部屋に一人で寝かせたまま、その場を離れて風呂に入るのが怖くて怖くてたまらなかった。シャワーの水音でかき消されてしまったら、あの子の泣き声は私に届かない。もしその間に何かあったらどうしよう。しかし、毎度そう思って緊張していたはずが、毎日のくり返しの中で自然と平気になっていく。ほんの数十分のことなのだから、と罪悪感も薄れていった。そうなってみると、何故あんなにも咲良のそばを離れることを怖がっていたのか、神経質になっていたのかと、そっちの方が不思議になるほどだった。お風呂場とベビーベッドまでの距離はほんの数メートルだ。

こうやって少しずつ、母親として、いろんなことに図太くなり、馴れていくものなのかもしれない。湯船につかる余裕が出てきた頃、湯気にけぶる天井を眺めながら思った。

ナナホモールに買い物に行くのも、最初はとても緊張した。

一人であれば平然とできていたはずの買い物が、咲良をつれているというだけでまるで勝手が違う。スリングに入れて抱っこしながら歩くのも、ベビーカーを押すのも、周囲の迷惑になるんじゃないか、咲良が泣き出したらどうしようと、びくびくしながら、手早く食材を買うだけ買って、急いで車に戻る日々だった。食料品と生活雑貨が並んだ一階フロアから、二階の自分のための衣料品売り場へと移動できるようになったのも、随分経ってからだった。長く見ることはできないけど、それでも少しずつウィンドウショッピングの余裕も出てきた。

ある日、二階の店で、かわいいシュシュを見かけた。咲良が生まれてから、平日はナナホモールと家の行き来だけで、人に会う機会も減っていた。新しい服を買う気も起こらなかったが、髪だったら毎日しばる。ビロードの光沢を思わせる布でできた幅広のシュシュは、リボンの周りに金色の縁取りが入っていた。ちょっといいかも、と思って手を伸ばした瞬間、ベビーカーの中で眠っていたはずの咲良が、突如、火がついたように泣き出した。それまで珍しく静かで、物音一つ立てていなかったのに、虫にでも刺されたのではないかと思うほどの激しい泣き様だった。

どうしたの、どうしたの、と呼びかけながらベビーカーの中を覗き込む。店の中にいた客も店員も、何事かと良枝たちの方を見る。良枝は慌ててその場を去った。独身時代のように、ブランド物を見たいわけでも、高級店やデパートに行きたいわけでもない。ナナホモールの、地元の女子高生たちが買い物するような安い店の雑貨が一つ欲しかっただけなのに、と胸の奥がちくんと痛む。駐車場に戻った頃、咲良は泣き疲れて眠っていたが、さっき泣かれたことで盛大に注目を浴びたあの店の前に、再び戻れる気がしなかった。

チャイルドシートに移す時、うっすらと目を開き、白目を見せた咲良が、へらー、とパンケーキの上のバターが溶け出すように笑った。その顔を見たら、シュシュも買い物も、さっきまで泣かれて困っていたことも、すべてがどうでもよくなる。顔を近づけると、ミルクと赤ちゃん用石けんの香りが混ざった、咲良の匂いがした。

咲良は実際、かわいかった。

良枝が歯医者の治療で麻酔を使い、その間授乳ができなくなって粉ミルクに切り替えた日があった。それまで好きなだけ飲むことができたおっぱいを取り上げられた咲良は、グーを握りしめた自分の拳《こぶし》を泣きながら何度も口に運んで咥《くわ》えて懸命に舐《な》め、そのうち疲れて眠ってしまった。その姿は健気に見えたし、両手を上にあげてWの形で眠る姿が、反射でぐっと宙を摑むような動きをするところは、かわいくて、何度でもして欲しいと思った。作った拳を鈴を振るように振り動かす招き猫みたいな仕草も、見慣れないものを見つけた時にきょときょとと首を動かす仕草も、いつまでも見ていたかった。寝ている間も、横に良枝が来れば手を胸元に入れておっぱいを探す。

仕事に忙しい学のために、そろそろ寝返りを打ちそうだな、という時期には、一日中、ビデオカメラを咲良のベッドの上に固定して回しておいた。帰ってきた学が、カメラの前でごろんと転がった咲良を見て「すげえ、成長したんだなあ」と声を洩《も》らすのを聞けば、ああ良かった、と目頭が熱くなった。

咲良は良枝の天使だった。

けれども、夜泣きする咲良を抱きしめていると、良枝はこのまま、この時間が永遠に続いてしまう気がした。何の変化もないまま、良枝と咲良、二人だけの一日が今日も始まり、今日も終わる。曜日の感覚がないまま気がつけば金曜日を迎え、あ、明日から二日は夫がいるのだ、と思う。そうして変わり映えしない一週間が積み重ねられ、過ぎていく。

6

照井理彩に会うのは、天野千波の結婚式以来、初めてだった。

仕事で近くまで来る予定があると、理彩が連絡をくれたのだ。近くの駅まで迎えに行き、良枝の家に招待する。理彩は子供が好きではないだろうと思っていたが、チャイルドシートに座る咲良に「はじめまして〜」と笑顔で語りかける彼女が思いのほか楽しそうでほっとする。

「きれい！　やっぱり新築マンションっていいなぁ。うちもそろそろ考えようかな」

玄関を開けてすぐ、理彩が言った。良枝は「ありがとう」と応える。

「本当は庭がある家を建てたかったんだけど、さっちゃんが小さいうちはマンションでもいいかなって学と相談してさ」

子供のもので溢れたリビングに通し、ノンカフェインのお茶を淹《い》れる。理彩が部屋を見回して言った。

「このコースター、かぎ針編み？　ひょっとして良枝の手作り？」

「うん。あんまりうまくないんだけど」

「ええっ。めちゃめちゃ手がこんでて上手だよー。あそこの咲良ちゃんの名前入りのクッションカバーもそう？」

「あ、あれは市販のカバーに刺繍だけ後から入れたの」

　来客は久しぶりだった。

　午前中のうちに作っておいたバナナのパウンドケーキを、理彩が「おいしい」と言って食べる。目に優しい木製の家具も、冷蔵庫に張られた手作りのマグネットも、ベランダで栽培されているバジルやミントも、すごく良枝の家らしいと褒《ほ》めてくれる。

「いいなあ。良枝は本当に素敵な奥さんって感じ。なんだか、ここにいると、うちの旦那に、私でごめんねって、謝らなきゃいけない気がしてくる」

「そんなことないでしょ。理彩は仕事バリバリやっててかっこいいよ」

「そうでもないのよ。今日だって、デパートに店舗出店するってだけで現場の担当者と相当揉《も》めてさ」

　肩に手を置いてため息とともに話し出す理彩の話を聞きながら、あ、そういえば、と思い出す。

「あそこのデパート、子供に優しくなくてさ。前に行った時にトイレのオムツ替えシートが壊れたままになってて使えなかったの。他の階にもありますって一応表示してあったけど、あれでいいと思ってるのかな」

結局、便座の蓋の上にタオルを敷いてオムツ替えを済ませたが、咲良が大泣きして、あやすのに随分時間がかかった。

「子供が生まれてから、目線が完全に親になったよ。エレベーターの表示とか段差とかスロープとか。車いすのマークなんかにも敏感になったし」

「……そっか。日中は基本的に咲良ちゃんと二人なんでしょ？　どう？　この辺、友達も少ないでしょ？」

「うん。今までの友達はほとんど都内だし、だから今日は理彩が会いに来てくれてすごく嬉しいよ」

応えると、理彩が「そう？」とどこか複雑そうな笑みを浮かべた。

ママ友ができたらいいなと期待して、市内の児童館に行ってみたこともあったけど、来ているお母さんたちは、すでになんとなくグループを作っていて、いきなり話しかけるのはハードルが高かった。ああいう場所で友達を作るには、通い続けて常連になるしかないのだとわかっていたが、一度気後《きおく》れしてしまったら、なかなか次の一回が行けなかった。望んで購入したマンションではあったけど、どうして引っ越してしまったんだろうと後悔したことも、もう何度もある。

十ヵ月になって歩き始めた咲良から目が離せないこと、泣き声が相変わらず大きいこと、ブラウン管のものと違って、液晶テレビがいかに子供のイタズラの前に脆《もろ》い存在であるかを、画面につけられた手形を示しながら嘆く。夜泣きは相変わらずで、朝まで寝られない日々がこんなにつらいなんて思わなかったとこぼすと、理彩が大袈裟に顔をしかめ「わー。大変だ。私、何よりも睡眠が好きだから、絶対に無理」と言った。

「咲良、卵アレルギーも少しあって、そのせいで私まで卵は完全除去生活なの。母乳に出るといけないから。そうやって見てみると、パンもケーキも、世の中のほとんどのものに卵って入ってて、食べられないものが一気に増えた」

「ほんとう？　ごめん。お土産、卵を使わないパンとかにすればよかったね」

「あ、いいのいいの。学が食べるし」

理彩のお土産のクッキーを皿に並べ、「理彩は食べて」とテーブルに置くが、理彩は「あ、うん」と頷くものの、クッキーもケーキもそれ以上食べなかった。バナナのパウンドケーキ用に買った卵が、うちでは久々の卵だったのに。

「自分のためだけじゃとても耐えられないけど、子供を人質に取られてるって本当にすごいことだなあって思うよ」

肌に真っ赤な発疹《ほっしん》が広がる咲良の頬を撫でる。

「まあ、子供のことってどうしても敏感になるよね。うちもお姉ちゃん夫婦のところ、沐浴用のベビーソープが口に入ったたっていうだけでメーカーにまで電話したって言ってたもん」

「え」

「心配しすぎだって、お母さんも笑っててさ」

「ね、それどうだったって？」

「え？　何が？」

「ベビーソープ。メーカー、大丈夫だって言ってたって？　どこのメーカーかな。ライラ？　鷲塚石けん？　もしライラならうちと同じなんだけど」

意識したことがなかった。〝ベビー〟とつくくらいだからきっと平気だろうと思っていたけど、咲良とお風呂に入る時、何回かは口の中に入ってしまったことがあったはずだ。

理彩がたじろいだように「そこまで聞かなかったけど」と答える。

「笑い話にしてたくらいだから、きっと大丈夫だったんじゃないかな」

「本当？　もし次にお姉さんに会ったら聞いてもらってもいい？」

「わかった。――でも、本当によかったね。無事に子供生まれて」

テーブルの端を摑んでよたよたと歩き出した咲良を眺めながら、理彩が言った。

「すごく心配したよ。千波の式がこれから始まるって時なのに急に泣き出すから」

「あの頃は、私、本当に追い詰められてた」

理彩の顔から、ふっと表情が消えた。しばらくして、苦笑を浮かべ、小さな声で「謝らないんだ」と呟いた。

「え？」

「心配かけてごめんねって謝るかと思った。すぐ、無事に子供できたわけだし」

「すぐにじゃないよ。お医者さんからなかなか確定診断がもらえなくて、きちんとおめでとうございますって声かけてもらえる瞬間、私、なかったんだから」

「育休はＭＡＸまで取るの？」

「そのつもり。最初は一年で復帰しようかと思ってたけど、結局三年めいっぱいもらうことにした。でも、その頃に二人目ができたらそれが一番いいんだけど。そしたら、また三年育休に入れて、合計六年、休めるでしょ」

理彩が目を見開いた。彼女の口から「え〜」と声が出る。

「六年も休んじゃったら、もう復帰なんてできる？　良枝の会社がどんな雰囲気かわかんないけど、システムだっていろいろ変わってるんじゃない？」

「でも、それでも仕事は辞めない方がいいって、母も叔母も言うんだよね。私も、それはその通りだと思うし」

今は子供がかわいいだろうし、子育てで手一杯かもしれないけど、仕事を辞めてしまうと、子育てが終わった後に自分が属せる場所がなくなってしまう。辞めるのは簡単かもしれないけど、後で後悔しても遅いんだと、長く働きながら育児をしてきた彼女たちの実体験として、アドバイスされた。

本音では、もう働きたくないし、家でずっと咲良の面倒だけを見る生活をしていたい。

でも、マンションのローンだってまだあるし、咲良に習い事もさせてやりたい。家でだらだらしているくせに姪っ子の教育にも構わない、学のところの兄嫁のようにはなりたくなかった。

「じゃ、仕事は辞めないんだ？」

「うん。――だけど、二人の子の面倒を両方家で見るのもそれはそれで大変そうだから、できたら、一年だけ復帰して、咲良を保育園に入れた状態で二人目の育児に入りたいなぁ。保育園、今は待機児童も多くて、入れるの難しいみたいだけど、できたら」

理彩が口を噤んだ。だけどまたすぐ「へぇ」と相槌を打つ。

「産休に入っても、保育園は入れたままでＯＫなの？」

「うん。昔はいったん退園させなきゃならなくて大変だったみたいだけど、今は一度入れちゃえば大丈夫」

「ふうん、そうなんだ」

理彩が再び黙ってしまったのを見て、「あ」と付け加える。

「まあ、そんなこと言ってたら、世の中の年の近い子のお母さんなんて、みんな一度に自分だけで面倒みてるわけだから、大変なんだろうけど」

「そっか。だけど、びっくりした。私、良枝は仕事、好きなんだと思ってたよ。就職した時、希望通りの会社に行けたって喜んでたし、楽しいって言ってたから」

「仕事、好きだよ。やり甲斐もあるし。だから、辞めないって言ってるじゃん」

だけど、毎朝どんな時でもきっかりと同じ時間に起きて、通勤ラッシュ、帰宅ラッシュの満員電車で押し合いへし合い揺られることや、どの部署に異動したところで数年もすればできてくる人間関係のいざこざ、上司からの理不尽な要求や、終わらない残業を押しつけられる単調な日々に戻りたくないと思ってしまう気持ちは理屈じゃなく、また別の話だ。理彩にだってわからないわけがないだろう。

妊娠して産休に入れた時、その生活が劇的に変化することを思って、だからとても嬉しかったのに。

理彩を駅まで送っていく途中の車中で、彼女が「そういえば」と思い出したように言った。自分たちがあの日、式に出た天野千波は、今、不妊治療に通っているらしい。二十代の最初で子宮筋腫にかかり、そのせいもあるのかもしれないと悩みながら、夫と二人で高額なクリニックにかかっているのだと、教えてくれた。

「大変みたいだよ」という理彩の声に「そうなんだ」と答えながら、かわいそうにな、と思った。千波ちゃん、子供欲しいだろうに、できないなんてかわいそうだ。

駅から帰り、咲良を急いでお風呂に入れて、夕飯の支度を始める。今ではだいぶ大きくなった咲良は、バスチェアにも座れるから、良枝と同時にお風呂に入れるようになっていた。夜も、途中で夜泣きはするが、九時か十時には寝る習慣が曲がりなりにもついている。

今日は理彩が来ていたから、一日の予定が狂った。せっかくできた咲良の習慣が、一日でも崩れるとそこからどんどんなし崩し的になっていきそうで、良枝は急いで、簡単にできる離乳食として、納豆のまぜご飯を用意する。

7

泣き止まない咲良を「うるさいっ」と叫んで、額をぺしんと叩く。

叩いて、しまった。

午前三時に突然泣き出した咲良を「大丈夫、大丈夫」とあやす。咲良は泣き止まず、良枝は眠りたくて、眠りたくて、眠りたくて、柔らかく優しい声をかけ続けたが、咲良は泣き止むどころかますます声を大きくしていく。

「うるさいっ」

額を叩くと、咲良が一瞬だけ、泣き止んだ。

生まれて二ヵ月目に、初めて予防接種を受けに行った時と似ていた。何が起きたのかまったくわからないような表情を浮かべた後で、咲良は、再び、今度は火を噴くような勢いで激しく泣き出した。

叩いてしまったのは初めてで、良枝は自分の手を見つめたまま、呆然とした。泣き続ける咲良を抱いたまま、どうすればいいのかわからない。

咲良の剣幕に、隣で寝ていた学がようやく起き出してくる。夜泣きの時、眠ったままでいる学が、半分以上の確率で寝たふりをしているだけなことに、良枝は気づいている。「どうしたー?」と眠そうに問いかける声は、良枝にではなく腕の中の咲良に向けられていた。良枝の顔を見ないまま、学が咲良を覗き込む。

「ねえ」

呼び止めるように、良枝が言った。

「叩いちゃった」

肩が熱くなる。彼がどう答えるか、背中を向けたまま待ったが、学はたいしたことではないように、おー、そうかあ、ママ叩いたかあ、怖い怖い、大丈夫大丈夫、と咲良に呼びかけ、二、三度頭を撫でただけで、すぐにまた横になってしまった。

良枝は肩から力を落としたまま、唇を嚙みしめた。大丈夫じゃ、ない。

大丈夫じゃない。私は、大丈夫じゃないんだよ。

この人はきっと、ひどいことなど、うちには何も起きないと思っているんだ。そういうのは、一部の、自分たちとは違う人のところにだけ起こるとでも、きっと思っているんだろう。

良枝は大きくため息をつき、泣き疲れ、少しだけ声量を落とした咲良を腕に抱いて、そっとベランダに出た。泣き止まない咲良を夜風にあてるため、これまでもよくそうしていた。ビルの明かりが、遠くにぽつぽつと灯り、すぐ下の道路で車のクラクションが聞こえた。どこかで犬が鳴いている。顔を下に向けると、車のライトや、テールランプの赤い色が見えた。ずっしりとした咲良のおしりを腕に抱えながら、その高さに足が竦んだ。

さっき叩かれたことがわかるのか、わからないのか。咲良が泣く声を、自分への復讐のように感じる。叩いた、嫌いだ、と責められている、と感じる。

泣き続ける咲良を抱きしめて、良枝は、うわーん、と叫んだ。

咲良よりも、大きな声で。

咲良はびっくりしたように、びくりと肩を震わせた。泣き止んで、良枝の顔を見上げる。良枝は続けてまた叫んだ。うわーん、うわーん、うわーん。声を出せば出すだけ、止まらなくなっていく。うわーん、うわーん、うわーん。途中から、頬を涙が滑り落ちていた。

咲良を抱きしめ、疲れた、と思う。

咲良への申し訳なさとか、罪悪感とか、情けなさとか、恥ずかしさとか、そういう感情が全部どうでもよくなって、ただ思う。眠りたい。


ある日、ネギを買い忘れたことに気づいた。

テレビでレシピを見た、冷凍保存の利くネギ豚ハンバーグは、簡単にできそうで、おいしそうで、疲れた日でも、すぐに学の夕ご飯に一品増やせそうで、魅力的だった。豚挽肉にはもう下味をつけ、料理を始めてしまっている。もう一度買い物に出ようかと思って、だけど、また咲良を抱えて車に乗せて、ナナホモールの駐車場で折り畳まれたベビーカーを開いて、咲良を移し替えて、198円のネギだけを買ってまた戻って——、という過程を想像すると心が折れた。

ナナホモールまでは、たった五分なのに。買うのは、ネギだけなのに。

ベビーベッドは、普段は添い寝をする咲良にとって、良枝が家事をしているときの檻《おり》としての役割を果たすことが大半だった。月齢とともにその檻が深くなるように木枠の高さを変えて固定し直していく。咲良はまだ、ベッドを一人で降りることはできない。周りにも、咲良に危険なものは何もないと確認して、良枝は家を出た。

早く、早く、急いで、急いで。

レジの前にできたたった数人の列や、信号待ちに気を焦《じ》らしながら、出来る限り早く買い物して家に戻ると、咲良は何事もなかったかのようにベビーベッドの中にいた。ネギのはみ出したレジ袋を持った良枝を見て、ご機嫌な時にあげる「あうあー」という声を出す。リビングでつけっぱなしにしておいたアンパンマンのビデオが、ちょうど一話分終わって、エンディングの歌を流していた。歌に合わせて、咲良の顔が笑顔を作った。その顔を見て、心底ほっとする。

なんだ、こんな簡単なことだったんだ。

8

簡単なことだった、はずなのに。

咲良がいない。咲良がいない。ずっと一緒にいたのに、ベビーカーがなくなった。ナナホモールからマンションに戻り、駐車場で軽自動車のドアを閉めるのももどかしく、汗だくの手を握りしめて、泣きながら部屋に戻る。学に連絡するために。あの子がいなくなったことを、伝えるために。

駐車場に車を停め、エレベーターで六階に上がる。

玄関の前に置かれたベビーカーを見た途端、全身に戦慄《せんりつ》が走った。そんなバカな、と思いながら、口元が引き攣《つ》っていく。桜模様のピンク色の布を座席にかけたベビーカーは、確かに咲良のものだった。

震える指で鍵を握り、ドアを開ける。あれだけ探し、取り乱してその姿を、無事を確認したいと願っていた咲良は、ベビーベッドの中で眠っていた。シーツと、その上に敷いたタオルが、盛大に乱れていた。泣き続けたのか、目の横に涙が流れた跡がある。口元に、涎《よだれ》が乾いてこびりついた跡がある。これまでも何度か見た、良枝を探して泣き疲れ、眠ってしまった咲良の姿だった。

足の先から、全身を凍らせるような寒気がゆっくりと這い上がってくる。背中が冷たく、顔が熱くなってくる。

仕方なかったんだ、と言い聞かせる。

仕方なかった。毎日、細切れの睡眠しか取れなくて、そんな中、部屋を掃除し、離乳食に心を砕き、自分と帰宅の遅い学の分、時間差の夕食を二回分支度して、分解してすみずみまで洗わなきゃならない咲良のマグマグを熱湯消毒して、頭はもうずっと、混乱していた。咲良とずっと一緒にいなきゃ、と、頭が、混乱して。

身体がぶるりと大きく震える。水風呂に入れられたように、胃の底から内臓が冷える感触がする。

出産してから、移動の時にはいつだって、咲良のベビーカーが傍《かたわ》らにあるのが普通だった。あのバーの圧迫感が、存在感が、胸のあたりにいつでもあるのが当たり前だった。なければ落ち着かず、何かを忘れたような気持ちになった。

眠る咲良の胸が、上下に動く。着ている服のウサギの顔が、呼吸に合わせて、穏やかに盛り上がり、静かに下がる。布に皺《しわ》が寄って、伸びて、服にプリントされたウサギの顔が、怒っているようにも、泣いているようにも見えた。

信じられない、と思う。

自分がやってしまったことが、信じられない。仕方ないと思う一方で、どうしようどうしようと混乱する。良枝は今日、咲良をナナホモールに連れていかなかったのだ。だけど、自分がいつ家を出たのか、ナナホモールでどこを見たのか、ついさっきまでのことが思い出せない。携帯電話を入れた肩かけバッグを置いて、財布だけ持ってどうするつもりだったのか。ナナホモールで、何を見るつもりだったのか。

安いシュシュが欲しかったわけじゃない。ただ、一人の時間が欲しかった。

寝ていないせいで、床を踏む足に現実感がなかった。まるで夢の中にいるように、視界の底には白い靄がもう何日もたまり続けている。どうしよう、と声が出た。ナナホモールでは、警備員や支配人が、まだ咲良のベビーカーを探しているはずだった。警察に連絡するとも言っていた。

私は、やってしまった。

眠る咲良の頬に散る発疹。安らかに目を閉じた咲良の口元が、柔らかく、だらんと開いている。何も知らない、わからない咲良。私を信じるしかない咲良。

覚悟は、するともなく、一瞬で決まった。良枝は唇を嚙みしめる。急いで、咲良の頭をベッドから抱き起こし、胸に抱く。携帯の入ったバッグを今度こそ肩にかけて、玄関においたベビーカーを折り畳んだまま引きずって、エレベーターを降りた。眠る咲良を車のチャイルドシートに乗せ、ベビーカーを足下に入れ、ナナホモールまで急ぐ。考えたら、そこで立ち止まってしまいそうで、ただ、急ぐ。鼻の頭に汗が滲んだ。

いつも使う外の駐車場ではなく、屋内の立体駐車場の三階に車を停め、ベビーカーを広げて咲良を乗せた。咲良は眠ったまま、起きなかった。罪のないその顔を見て、胸がしめつけられそうに痛む。だけどもう、こうすることしか思いつかなかった。

咲良を乗せたベビーカーを、近場の男子トイレに置きっぱなしにしようと、考えた。男子トイレなら、良枝が疑われることはないだろう。ベビーカーを置いて、良枝はさっきの従業員控え室に戻る。大丈夫、大丈夫。警備員たちが、すぐに、放置したベビーカーを見つけ出してくれる。それはきっと、ほんの数分のことだ。見つけ出される様子がなければ、良枝が自分から飛び出していって、探してもいい。

だけど、と胸に、真っ暗い闇に落とされていくような、禍々《まがまが》しい影が差す。

だけど、もし、放置した数分の間に、もし、本当に誰かが咲良とベビーカーを連れ去ってしまったら。

大丈夫だろう、きっと大丈夫だと思う。そんなことが起きるはずもない。咲良はすぐに警備員か従業員の手によって見つけてもらえる。まさか本当に攫われるなんてことが、起こるはずもない。けれど、万一、本当にもし万が一つにもそんなことが起これば、今度こそ、良枝はもう、生きていけないだろう。

ベビーカーのグリップを握る手が、汗ばんで、滑りそうになる。早くしなければならない。早くしなければ。

か細い蛍光灯の明かりが照らす埃《ほこり》っぽい駐車場を歩き、夜中の街に一つだけ輝くコンビニのような明るさを放つ店内入り口にベビーカーを入れる。誰もいなかった。騒がしい階下に続くエスカレーターが、振動音を立てて回っている。その様を見たら、足が竦み、吐き気がした。自分と咲良が、エスカレーターに巻き込まれ、身体が粉々に砕けてしまうところを想像する。強引に顔を背《そむ》け、ベビーカーを非常階段の方に押していく。普段は使わない、階段と階段の踊り場にあるトイレの表示がすぐ下に見えた。

大きく息を吸い込んで、咲良ごと、ベビーカーを持ち上げる。スロープがない場所で学が力任せにそうするのを、良枝は、危ないなぁと思いながら、いつも見ていた。どうしてみんなが使う場所に、エレベーターもスロープも、必要な設備がないのかと、イライラしながら。

息を止め、一息で運ばなければ、力が抜けて、そこで咲良を落としてしまいそうだった。重心が崩れ、ベビーカーごと身体がよろける。足が段差を踏み外しかけたところでどうにかバランスを取り直し、踊り場にベビーカーの車輪が着く。置くというより、がたん、と音を立てて放り投げたような恰好になった。弾みで、眠っていた咲良が反射のようにふぇ、と声を出した。

額に、汗が浮かんでいた。目指していた男子トイレは、もう、すぐそこだった。

こうするしかない。もう、こうするしかない。このままではおかしな母親だと思われてしまう。育児ノイローゼで大騒ぎした、おかしな母親だという取り返しのつかないレッテルを貼られてしまう。ナナホモールに、もう買い物に来られなくなる。マンションはここの近くだから買ったのに。ローンだってまだあるのに。あそこに住めなくなってしまう。

ごめんね、とベビーカーの中に眠る咲良の顔を覗き込む。ごめんね、ごめんね、と何度も謝る。咲良が生まれてからずっと、私はこの子に謝ってばかりいる気がする。ごめんね。こんな、お母さんでごめんね。

震える指で、怖くてたまらないけど、ベビーカーを男子トイレの中に押し込もうと、顔を上げる。

その時だった。

咲良が、ベビーカーの中でそれまで閉じていた目を、ぱちりと開けた。一重瞼の、青白く澄み切った目が、良枝の姿を捉《とら》えた。焦点が、自分の前ではっきりと結ばれる。

その瞬間、動けなくなった。衝動が、これまでで一番強く、胸を押した。

うわあああああん、と声をあげていた。

離しかけたグリップを手に取り、バーに身体をだらしなく預け、良枝は泣き叫んだ。咲良の目がびっくりしたように見開かれ、良枝を見上げる。膝から力が抜け、蹲《うずくま》るように座り込んで、良枝は泣き続けた。

人がやってきた。「どうしました」と声をかけられる。涙に滲んだ視界に、警備員の紺色の制服が見えた。さっき、ベビーカーを探してください、と良枝が腕を取り、頼み込んだ、あの人だった。泣いているのが良枝であることを知り、彼が「あ」と声をあげる。

警備員が急いでベビーカーを覗き込み、そこに咲良がいることを確認する。良枝の肩を、力強く叩いた。お母さん、と声がする。

「お母さん、見つかったんですね。よかった。本当に、本当によかった」

良枝の泣き声を聞きつけて、客なのか、従業員なのか、人が集まり始めていた。警備員が無線機で誰かと連絡を取っている。「見つかった。見つかった！」と呼びかけている。

「よかったですね、よかった」

多くの人が、良枝の背中を撫でてくれる。

「お母さん、見つかって本当によかった」

お母さん、お母さん、とくり返しかけられる言葉に、顔を上げられなかった。その声が、どこでしているかわからないくらい、遠く、距離のあるものに感じた。

この十ヵ月、何度も咲良を殺してしまう夢を見た。お風呂で手を滑らせて、ベランダからうっかりと、この手から咲良を何度も落として、誤って死なせてしまう夢。間に合わず、手が届かず、落ちていく夢。私は取り返しのつかないことをした。

人が増えたことに驚いたのか、咲良がぎゃわん、と泣き出した。

たとえ取り返しがもうつかなくても、越えてはならない一線を越えてしまった後でも、破綻《はたん》しても、私は咲良を、この先も腕に抱く。ずっと、抱くのだろう。

ベビーカーのバーに押しつけたままだった顔をようやく上げて、良枝は咲良に呼びかける。シートに手を伸ばし、両手で彼女の顔に触れると、また喉の奥から絞り出すような泣き声が洩れた。
ごめんね、と声が出た。
あなたのためならなんでもする。

対談　どこでもない〝ここ〟で生きる

林真理子
×
辻村深月

林　辻村さん、直木賞受賞おめでとうございます。
辻村　ありがとうございます。
林　山梨県出身者から受賞者が出たのが私以来、二十六年ぶりというような報道もありましたけど、地元はすごい騒ぎらしいですね。
辻村　市役所の庁舎に垂れ幕を掛けていただいたそうで（笑）。光栄なことです。
林　地元ですごく大切にされているんですよね。私が受賞したときなんか「あ、そう」みたいな感じでしたよ（笑）。この前も山梨でタクシーに乗ったら、運転手さんから「この頃、また林さんの名前が出てくるようになったよ。辻村さんが直木賞の候補になるたびに、そういえばその前は林さんなんだねって」とか言われて。
辻村　いえいえ。山梨にいると、皆さんが、林さんがいらしたから、そこで作家とか直木賞というものの扱いを理解したようなところがある気がしています。林さんがいらっしゃったから私のときには準備ができていたというか。

林　あら。

辻村　私自身、まず林さんによって、作家という職業を知りましたから。

林　ほんと？

辻村　山梨を舞台にされた『葡萄が目にしみる』を高校生の時に読みました。当時、山梨が舞台だということで、まわりのクラスメートたちもみんなが読んでいましたが、私は舞台を知っているということでなく、とにかくこれは私のための小説ではないかと衝撃をうけたことをよく覚えています。誰かに見いだされて恋愛に発展していくという流れが大半だった当時のティーンズノベルと一線を画したあの話に救われる思いがし、また〝山梨〟という枠の中で「このモデルってどこの高校だよね」みたいなことしか言わないクラスメートに苛立ちもした（笑）。自意識ということについても初めて考えました。

林　ありがとうございます。

辻村　あと凄いと思うのが影響力。林さんの同級生ですと言うから、「あ、同級生なんですね」という話をすると、ただ同じ年に生まれただけで、出身地も何もかも違うという人を、小さい頃から大勢見てきたんです。それによってだんだん作家という職業と、それとは別の、同郷から出た有名人としての林真理子さんという存在を、私たちの世代はみんな認識するようになったと思います。

林　実は山梨の多くの人は作家という職業についてあまり理解していないかもしれま

せん。新聞でも〝わが県出身の林さんが今回の直木賞選考委員を務めた〟って。毎回変わるもんだと思ってるみたいです（笑）。

辻村　ええっ！　林さんに対してはそれはないと信じたい……。

私は、いまでこそ、色々と取り上げてくださいますけど、デビューしたてのときは「あんたが作家？」みたいな感じで、まず信じてもらえないんです。山梨の書店に著書が置いてあっても、これが全国で売られているとイメージしてもらえない。「早く全国規模になれるといいね」って。

林　ひどーい。

辻村　著作が増えていくと、今度はだんだん言い方が変わってくるんですよね。「お前は作家になったとか言ってるけど、林さんに会ったことがあるのか」とか。

林　最初にお目にかかったのは、『ツナグ』で吉川英治文学新人賞を受賞されたときでしたね。

辻村　そうです。贈呈式会場の控室に父が来てたんですけど、林さんと挨拶してる自分の娘を見て胸がいっぱいになったとあとで言ってました（笑）。

林　いまや辻村さんは地元でもすごい人気ですよね。私、しょっちゅう実家に帰って、地元紙の山梨日日新聞を一週間分くらいまとめて読むんだけど、辻村さんの記事とか特集とかすごく多いから。かつて一人の作家をここまで応援したことがないというくらい。

地方を書くこと

林　辻村さんちって、子供のときからおうちに本がいっぱいあったんですか。
辻村　父が小説が好きで、それを背伸びするような思いで読んだりしていました。
林　それは素晴らしい。
辻村　でも、おなじような環境で漫画があったり、アニメがあったり、映画があったりという感じだったので、わりと雑食で育ってきたと思います。
林　このあいだ、朝日新聞の記事を読んだんだけど、子供のころはいじめられっ子だったって本当ですか？　やっぱり田舎の学校では、頭が良くて本を読む子というのは疎外されちゃうんですか。
辻村　いじめられっ子というか、小中学校のころはあんまり友達とうまくつきあえなかったんです。小学校なんかは一クラスしかなくて、そこの中心人物の女の子のグループに入れなかった。そこでの人間関係を引きずったまま中学に行きました。
林　そうなんだ。
辻村　高校は私立で、いろんなところから生徒が来ているという状況になりました。その時の人間関係が、さっき申し上げた『葡萄が目にしみる』に驚くほどそっくりで。萩原聖人さん主演のドラマ化も、私たちには印象深かったです。

林　そうか。萩原さん、うちにも遊びに来たりした。それで私の知り合いの勝沼の家でロケさせてもらったりとか。

辻村　まわりは地元が舞台ということもあってすごく盛り上がっていました。ただその中で私は、この物語に共感した山梨以外の場所に住む女の子がたくさんいるという事実に励まされました。心強かったし、嬉しかった。この感性を同じく私たちのための小説としてわかり合える子たちがこの場所の外にもいると思えたことこそが、山梨の中で閉じている実感があった身には、痛烈な体験だったんです。

林　嬉しいです。この作品は方言をすごく使って、地方色を豊かにしたんだけど、同じように地方を書いても、辻村さんはあえて方言なんかを出さない。それはなにか意図があるんですか。

辻村　一つの地域について掘り下げて書きたいという気持ちがある一方で、特定の地域についてだけで完結してしまうのもいやだな、という思いもあるんです。方言を使わないことで地域を問わずいろんな人たちが自分のリアルをそこに見てくれたらいいかなと。あと、若い人たちが方言を使わなくなってきてるというのが現実じゃないかとも思っています。

林　辻村さんの小説が十代の子たちに熱狂的に支持されたのは、地方の閉塞感が掬《すく》いあげられてるからだと言われてるんですけど、実際に山梨レベルの閉塞感ってありますよね。隣りが東京という。

辻村　わかります。

林　東京まで日帰りできる距離だから微妙なんですよ（笑）。東京で貧乏な暮らしをするより、親元でそこそこ楽しく暮らして東京にコンサートやお芝居を見に行くこともできるし。

辻村　憧れもないことはないけれど、憧れるほどでもないという強がりみたいなものもある。近くて遠い東京という感じでしょうか。

林　そういったちょっと複雑な閉塞感はあなたたちの世代でも強いですか。

辻村　そうですね。私自身はそこを強く感じていたからこそ、地方を描こうと思ったわけですが、その閉塞感を感じてる子と感じていない子の差が、ものすごく開いていると感じます。違和感を持たないまま地元に残り、家庭を築いている友人たちのためらいのなさに、まぶしさのようなものを感じつつも、私はどうしても溶けこめなかった。

林　特にいまは非常に内向きになっていて、あまり外に出ていきたくないみたいですね。私たちのころだとみんな、とにかく就職でも大学でも、東京に行くぞ、みたいなのがあったんですけど。今の人って親元にずっといたいとか、すごく多いですよね。

辻村　多いです。大学や就職で東京に出ても戻ってくる子もたくさんいますし。

林　自ら選んだ閉塞感みたいな感じで。

辻村　そうなんです。そういう地方の息苦しさととことん闘うというつもりで、二十代の前半ぐらいまで小説を書いてきたところがありました。ただ、三十代になったくらいから地方で暮らす女性たちの、どこでもない今のここを受け入れて生きることの背景に、しなやかな強さと逞しさが見えるようになってきました。

共通する感性

林 そうして辻村さんの二十代後半から現在の三十代にかけて書かれたのが、受賞作の『鍵のない夢を見る』ですね。

辻村 はい。

林 これは地方都市を舞台にした五つの物語で構成された短篇集なんですけど、独立しながら連続性もあって、大人の小説になってると思いました。最初に印象に残ったのが二篇目の「石蕗南地区の放火」です。

辻村 主人公の笙子の家の近くで放火事件が起こり、かつてアプローチをかけてきた消防団の男が、自分と自然な形で再会するために火をつけたんじゃないかと疑う話ですね。

林 この女の子の勘違いの仕方と、最後までズレている感じが素晴らしい。この子はずっと勘違いしたまま生きていくんだろうなと思われて、最後は憐憫の情まで持たされてしまった。主人公の一人称小説の場合、ちょっと変な考えのキャラクターであっても、正当性を持ってしまうものなんですけど、この作品では読んでる人にひたひたと違和感を感じさせ、実はちょっと軸が曲がってるんだということが伝わる。これはすごくテクニックがいることです。

辻村　ありがとうございます。いままで男女を書く場合、恋愛か友情のどちらかでなければいけないと思っていたんですけど、そうではないところにも、どうにもならないからこその行き詰まりのドラマが生まれることもあるだろうと。それを掬いとれればいいなあと思って書いたところ、思っていた以上の反応があって励まされました。

林　いま若い人が地方に住む人間を書くとこういうリアリティーのある小説になるんだと感心しました。笙子みたいななんかいやぁな感じがする女性っていますよね。

辻村　それも、ルーツのひとつは林さんの小説だと思うんです。たとえば直木賞受賞作の「最終便に間に合えば」は山梨の人はみんなタイトルを知っています。私も昔拝読したんですが、その時期に自分の年齢以上の主人公を扱う話を手に取るきっかけになったのは、それが同郷の林さんの受賞作だったからです。そしてその時に読めてよかった。まだ自分は知らないけれど、ここには紛れもなくこれから自分が体験するであろう感情や、主人公の、まるで日記を覗くような本音が描かれていると感じました。小説はそれが許される場なのだと知った。この作品に出会って、私の中の枷を外していただいた気がします。

林　そういえば、四篇目の「芹葉大学の夢と殺人」では主人公の未玖が、夢を追うだけで就職もできていない雄大と遠距離恋愛をしている場面で、「交通費三万円、ホテル代一万円、食事代三千円、お茶代千五百円。彼に抱かれて家路につく時、私はそれらの合計の金額で雄大に抱いてもらっているのだな、と思った」という文章がありますよね。

辻村　はい。

林　私も今話に出てきた「最終便に間に合えば」で女性がお寿司代三千円を払わされて、そのあと男と別れるんだけど、セックスを三回したから「これでモトがとれた」って呟くシーンを書いたんです。

辻村　もちろん覚えています。

林　そのときの直木賞の選考委員の方から「いったい、女性の品性の何をもってすれば『モトがとれた』という言葉が出てくるか、信じられない」というお叱りの言葉をいただいた（笑）。

辻村　そうなんですか⁉

林　でも、女性が男性に対してお金を払わせられる状況は当時もあったし、そのことの痛みや、そのときに自分のプライドをどうやって保とうとするのか、みたいなものを「最終便」で書いたんです。同じような感覚を辻村さんの小説の中で見つけて。懐かしくて、嬉しかったですね。

辻村　「モトがとれた」という文章もそうなんですけれど、お寿司代を払ったせいでタクシー代がなく、しかも男も出してくれない状況のとき、帰れないからと友達の女の子に電話しますよね。このシーンを読んだときに、たぶんお金があったとしても主人公は自分の友達に電話するんだろうなと思ったんです。

林　というと？

辻村　主人公はたぶん、お金がなくて困っているということ以上にその電話をしている姿を彼に見せたかったんだろうな、と。登場人物の心情を実際にあったことのように想像させられる筆の力に、小説の奥行きを感じさせてもらえて、そんな読書体験が新鮮でした。

林　まあ、そうですか。そんなに深く読んでいただいて嬉しいです。

辻村　いえいえ、とんでもない。

林　辻村さんの書かれた雄大みたいな男の子も、私たちの世代にはいなかったけど、たぶんいるんだろうなってわかります。プライドが高くて、自分はこんなもんじゃないんだってずっと思い続けて、その思い込みを阻害するものに牙をむく。未玖がそれでも彼の外見とかそういうものに惹かれて、仕方がなくなってしまうという感性もわかるんですよね。

新たな抽斗

林　ラスト五篇目の「君本家の誘拐」は緊迫感があってドキドキさせられました。大型ショッピングモールで、さっきまでお母さんの横にあったはずのベビーカーがなくなっていて、「私は、やってしまった」と信じられない気持ちになるというお話。

辻村　出産直後だったこともあって、主人公の中に作者を見られるのではないかとある程度覚悟して、だけどそれでも書きたかった話でした。

林　子供を産んだ人ならわかる部分もあるんだけど、実はそれだけではない。エアポケットに置かれた際、母親であるということで全否定される時期の、人間として訴えたいものというのがすごくひりひりと感じられて。もはや、母親とかそんなことは関係ない、普遍的な孤独みたいなことがしっかりと描かれている。

辻村　そこに普遍的という言葉をいただけるのは本当に嬉しいです。

林　よく母親が事件を起こすと、「どうして」みたいなことが言われる。そのときに手記や傍聴記はあっても、ちゃんと文学まで昇華させたものはなかった。そういう意味でも、すごく評価されたんじゃないかと思います。

辻村　私はこの主人公とは違って、出産しても仕事を続けることができる環境で、そういう意味では孤独に陥る場面も少ない、恵まれた育児をしていると思います。でも、出産したことで、考えや想像力が及ぶ範囲が広がり、どうしてもこの時期にこの立場について書いておきたかったんです。

林　今回の五篇は、すべて辻村さん本人から遠い感じがしますね。

辻村　自分でもそんな気はします。

林　これまでの作品の中には、限られた読者に向けて書かれていたのかなと感じたことがあったのですが。

辻村　この作品は、連載がすごく多くなってきた時期にお受けしたもののひとつで、並行させせなければならない仕事が多数ある中、全部の作品に違う色を出していかなければという気持ちから、普段だったら開けないような抽斗《ひきだし》まで強引に開けたところがあります。

林　初めて直木賞候補になられた『ゼロ、ハチ、ゼロ、ナナ。』に比べるとずいぶん物語が練られた印象がある。テーマがさらに深く広くなったというか。

辻村　そのときの選考会が終わったあと、林さんがニュースかなにかでおっしゃった言葉が胸に響きました。「地方のことを描いていて、地方出身者として共感するけど、それを自分とは違う立場の人にも広くわかるようにしていく必要がある」という内容の言葉でした。

林　そうでしたね。

辻村　明確に言いたいことがあると思ったら、その主人公に自分の主張をただ投影していくだけではだめなんだと思いました。なので、今回は自分に似ていない主人公たち五人ですけど、そうやって少し力を抜いたところを小説として評価していただいたというのは驚くと同時に喜びも大きいです。

林　なるほど。この五篇はそれぞれ初出は違うんですか？

辻村　三篇がオール讀物、二篇がオール讀物の増刊にあたるオールスイリでの掲載でした。インタビューでもよく答えているんですけど、オール讀物って、それこそ母の友達とか、地方の私から見た〝大人〟たちが定期購読してるんですよね。もちろん林さんもよく書かれている媒体だし、その人たちの前に出るのに、今までのやり方ではだめだろうというのは強く意識しました。

林　辻村さんの場所から見ると、オール讀物とか、林真理子の読者とか、べつにあんなおじさんおばさんたち相手にしなくたって、という気持ちがあるんじゃないですか（笑）。

辻村　ないです、ないです。私はオールの読者からすれば歳もずいぶん若くて、きっと読むに足らない子どもの作家だと思われているに違いないと思っていました。

林　そうなんだ。

辻村　だから、そういう読者に、「こんなもの読まされて」って怒られるものだけは書きたくないというのがスタートで。自分より人生経験が豊富な読み手に読んでもらうには何が必要なのかを探りながら、最初はやっぱり得意な場所から始めようと。一篇目の「仁志野町の泥棒」では子供の視点をとりながら、徐々にリズムをつかんでいきました。

林　選考会でも、この一篇から、いままでのサークル的な目線と違い、若い目線だけど大人になろうとしている姿勢を感じた、という話題になりました。辻村さんの初期の作品は拝読したことないんだけど、やっぱりゲームとか漫画とかそういう要素の暗号みたいなのがあったと思うんですよ。

辻村　今読み返すと、確かにお恥ずかしい部分もあります。もちろん、その形だったからこそ共感してくれた読者がいて、だからこそここまでこられたのだとも思うのですが。

林　映画監督の周防正行さんが「昔、映画ってみんなに観てもらおうと思って作ってたけど、今の若い監督ってすごくサークル的で自分の趣味がわかってくれる人のみに発信してる。だから映画が小さくなっている」というようなことをおっしゃっていました。小説もそういうところがあると思う。でも、辻村さんはあるときから、サークル内でしか通じない暗号みたいなものが消えて、もっとキラキラした言葉だけになったんじゃないかな。そのときに作家としてさらに大きく飛躍されたように感じたんですね。

辻村　最初に直木賞の候補に挙げていただいたときは、誇張じゃなく、私の小説がそんな大きい舞台と結びつく日が来るなんて思ってもみなくて、かなりとまどったんです。今もまだとまどいはありますが、これから自分の小説がまた変わっていくのかもしれないという楽しみも出てきました。

文章力の確かさ

林　そして、今回の作品全体に言えることですが、辻村さんの文章は素晴らしい。特に「君本家の誘拐」なんかはそれが際立っていて、もうページをめくるのももどかしくなっていくというか。

辻村　ありがとうございます。

林　プロの、しかもこれだけの方に言うのもなんだけれど、本当に上手いなと思った。言葉の的確さや、リズムの乗り方って、量を書くことで鍛えられる側面もあるけれど、天性の部分が大きいんですよ。

辻村　小説は中学生のときには書いていたんですけど、当時もいまも、自分では私の文章はいつも至らない、足りないと思い続けています。当時は特に、会話文は書けても、地の文で描写したり、どういうものを着ている設定ならセンスがいいのかとか、そういう風俗もまったくわからなくて、途方に暮れました。書店に並んでいる本を読んでみると、みんななんでこんな豊かなことが書けるんだろうと。

林　私もいまだに、文章が上手いといわれている人の作品を読むと、アフォリズムとか比喩なんかがすごいな、勉強になるな、やっぱりアフォリズムが自然に出てくるような人間性を身につけなきゃだめだけど、ちょっと遠いかなとか考えちゃう。

辻村　同年代の人気がある方の小説を読むと、自分はその中で一番文章力が足りていないんじゃないかと感じます。だからこそその人たちのものをもう楽しんで読んでしまえ、と割り切ってしまっている部分もありますが。

林　ちなみに、辻村さんの同世代って誰がいるの？

辻村　道尾秀介さんに、島本理生さんに……。

林　なるほど。この間、三浦しをんさんと話してたら、三浦さんも同世代の人の作品はドキドキして読めないというの。こんなうまい人たちがいて、私なんか忘れられちゃうんじゃないかって。それで、私も若いときはそうだったよと言って。

辻村　いまは変化しましたか。

林　この歳になると、次はどんなものが読めるかなって思って、楽しみが出てきちゃう。やっぱり三十代から四十代にかけては周りの人が気になったし、自分がその中でどの位置にいるのかということを考えて読んでいたけど、いまは諦念半分で（笑）。

辻村　林さんはそんなことはないと思いますが……（笑）。

林　直木賞の選考も新しいものが読めるという楽しみがあります。最近候補にあがってる人たちって本当にレベルが高い。もう五作、六作出して、しかもベストセラーを出してるような人たちがわりと候補に挙がってきてるから。私の場合、小説を書きはじめてまだ四作目くらいの作品でたまたまとれて。今思うとけっして直木賞をとれるレベルのものじゃなかった。期待賞ですよね。

辻村　いえいえ、先程お話しした通り、いま読んでも素晴らしいです。

林　私は選考委員になって、直木賞というのは伸び盛りで、ある程度きてる人、そのときにすごい華やかな人にとってもらいたいと思ってるので、辻村さんはぴったり。ほかの選考委員の方も、そろそろ辻村さんがって気持ちがあったと思いますよ。みんなにこの気持ちを抱かせるってすごいことですよね。

辻村　ありがたいです。ちょっと、言葉にならないくらい……。

林　選考委員は一回でも候補者になった人のことは見守っているというか、どんなものを書いてるかな、どんな活躍してるかなと、わりと絶えず目配りしてるんです。そういう総合評価もあって、そろそろという言葉が出てきたと思う。

辻村　やはり影響力も大きい賞なので、今のタイミングで受賞したことが自分の作家生活にとってよかったのかどうかということは考えました。

林　辻村さんはいまがとり時ですよ。オリンピックでも、次に金メダルとれますよねとなっても、そうなるとは限らない。とるべきときにとりそびれちゃって、結果とれなかったという例があるでしょう。

辻村　はい。

林　辻村さんは話を聞いていると、小説に非常に真摯に取り組んでらっしゃるし、次はもっといいものをという気持ちがすごく強い。私たち作家って、直木賞をとってからも、ずっと練習させていただいているようなもので、ありがたいと思いますよ。おかげさまで三十年間連載が途切れなくて、原稿料をもらいながら、印税もいただける。

辻村　今回の受賞は、この先もきっと小説を書いていくだろうと信頼していただけたからなのかもしれないと思うようにしています。

林　そうですよ。信頼感、いい言葉ですね。選考会では、辻村さんの受賞作として、この作品でいいのかという声も出ました。でも、みんな辻村さんは三年後にはさらにすごいものを書いているだろうし、もっと大化けするというのが共通した意見。

辻村　ありがとうございます。その信頼にこたえられる仕事を、これからお返ししていけたらと思います。

＊本対談は「オール讀物」二〇一二年九月号に直木賞受賞記念対談として掲載されたものの再録です。

初出

仁志野町の泥棒	オール讀物 2009年10月号
石蕗南地区の放火	オール讀物 2010年4月号
美弥谷団地の逃亡者	オール讀物 2010年1月号
芹葉大学の夢と殺人	文春ムック「オールスイリ」
君本家の誘拐	文春ムック「オールスイリ 2012」

単行本　2012年5月　文藝春秋刊

「美弥谷団地の逃亡者」で引用されている相田みつをの詩は、『にんげんだもの』『しあわせはいつも』（ともに文化出版局刊）に収録されています。

文春文庫

鍵《かぎ》のない夢《ゆめ》を見《み》る

定価はカバーに
表示してあります

2015年7月10日　第1刷
2024年4月25日　第14刷

著　者　辻《つじ》村《むら》深《み》月《づき》
発行者　大沼貴之
発行所　株式会社 文藝春秋

東京都千代田区紀尾井町 3-23　〒102-8008
TEL　03・3265・1211㈹
文藝春秋ホームページ　http://www.bunshun.co.jp

落丁、乱丁本は、お手数ですが小社製作部宛お送り下さい。送料小社負担でお取替致します。

印刷・TOPPAN　製本・加藤製本
Printed in Japan
ISBN978-4-16-790398-5

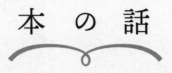